男たちの掟

ものぐさ右近人情剣

鳴海　丈

Narumi Takeshi

文芸社文庫

目次

生首観音

1

「あ、危ないっ」

「逃げろ！　逃げろっ」

陰暦三月初めの昼下がり――その騒ぎが起こったのは、江戸の北側にある飛鳥山の上であった。

飛鳥山は標高わずか二十七メートルだから、山とは名ばかりで、実態はなだらかな丘である。その四万坪以上の広さの丘に数千株の桜を植えたのが、江戸幕府中興の祖・八代将軍吉宗。「内には遊観の便とし、外には芻蕘のためにす」と『江戸名所図会』には書かれている。芻蕘とは、草刈り夫と木樵のことである。つまり、関西に比べて景勝地の少ない江戸に新たに庶民の憩いの場を提供し、また土地の者の役にも立つ花木林を作ろうというのが吉宗の考えだった。

そして今――十一代将軍家斉の世に、満開の桜の花は飛鳥山を雲海のように彩っている。眼下には田畑が広がり、その向こうを白く光りながら荒川が流れていた。

そこに集まった人々は老いも若きも、桜の見事さに見とれ、料理に舌鼓を打ち、酒に酔い、琴や三味線の音色に浮かれて、日々の煩いから解放されていた。富める者も貧しき者も、うららかな春の陽差しの中で、暫時の幸福を楽しんでいるのであった。

その和やかな雰囲気を打ち砕いたのは、宴の真っ直中に駆け込んできた一頭の馬だった。

暴れ馬ではない。乗り手はいる。乗馬袴の二十代前半の武士だ。

身形からして大身旗本の息子と見える。片肌脱ぎで、顔を真っ赤にしているのは酩酊しているからだろう。

右に左に蜘蛛の子を散らすように逃げ惑う人々を見て、その武士は吠えるように笑いながら、もうもうたる土煙を上げて追いかけ回すのだ。

火事場のような大混乱の中で、三、四歳の童女が倒れ、泣き出した。どうしたものか、近くに助け起こすべき親も兄弟もいない。

乗り手に責められて興奮し、口の端から白い泡を噴きながら、その馬は、倒れた童女の方へ向かう。

と、花見客の中から飛び出した十徳姿の六十がらみの老人が、童女の上に覆いかぶさった。

「ああっ！」

誰もが、老人と童女が襤褸屑のように蹴り潰されると覚悟して目を閉じた瞬間――

奇跡が起こった。

二つの蹄が、宙に浮いたまま停止したのである。

「何てこった……あのご浪人、馬を止めちまった！」

花見客の一人が、呆然として呟く。

馬の前脚を団扇のように大きな両手でつかんで、その前進を阻んだのは、簞笥に手足が生えたかのように逞しい軀つきの着流しの浪人――秋草右近であった。

数百キロの重さの馬体を支えているため、右近の首筋や肩の筋肉が破裂寸前のように膨れ上がっている。顔は真っ赤になり、こめかみには、真田紐を貼りつけたように、太く血管が浮かび上がっていた。

ただ重量があるだけではなく、馬がもがいて逃れようとするのを、巧みに力を逃して押さえているのだから、とてつもない腕力と驚異的な腰の粘りである。

「お、おのれ、何をするかっ」

棹立ちになった馬の首にしがみついた武士が、焦って馬の臀に鞭を当てようとすると、

「そりゃあ、こっちの言うことだっ！」

右近が吠えた。馬の軀をぐいっと揺すると、元より酔っている武士は、他愛もなく地面に転げ落ちた。したたかに背中を打ったためか、そのまま動かなくなる。

乗り手を失って、さらに鼻息荒くもがく馬の眼を、右近がじっと見つめた。すると、興奮しきっていた馬は、次第に大人しくなる。

右近は、馬が脚を折らないように、そっと地面に蹄を下ろしてやった。

「よし、よし。お前に罪はないからな。たまたま、主人が阿呆だっただけだ」

その毛艶(けづや)のよい首を、軽く叩いてやる。完全に右近に服従した馬は、長い顔を親しげに彼の頰(ほお)にこすりつけた。

周囲の花見客が、どっと歓声を上げる。

「凄(すげ)えや、まるでお不動様が動き出したような百人力だぜ」

「いっぺん、横綱と相撲をとってもらいてえもんだ」

「きっと、あのご浪人様が勝つよっ」

口々に言い騒ぎ、賑やかに鳴り物を鳴らす者もいる。女たちの中には、閨(ねや)における右近の超絶的な逞しさを夢想して、とろけたような表情になる者もいる始末だ。

「おい、ご隠居さん、大丈夫かね。二人とも怪我はないかい」

右近の脇で、老人と童女を助け起こしたのは、人の良さそうな丸顔の四十代半ばの男――神田相生町の岡っ引の左平次だ。

上野、向島と二度花見をしたが、今日は朝早くに家を出て、この王子の飛鳥山まで花見にやって来た二人である。嬬恋町から飛鳥山までの道程は、女の足には少し遠いので、お蝶は家で留守番をしていた。

「ど、どうも……命拾いしました」

小柄で品の良い、どこかの大店の隠居と見える老人だ。髪は、ほとんど白くなっている。

「ははは。あんな馬の前に飛び出すなんて、無茶をなさる。でも、おかげでこの子は無事だ。おう、泣け泣け、怖かったろう、たんと泣くがいい」

着物の土埃を払ってやっていると、母親らしき若い女が駆け寄って来た。

「お咲っ！」

跪いて、ぎゅっと抱きしめると、女の子はさらに大声で泣き出した。

「ありがとうございます、ありがとうございますっ、何と……何とお礼を申し上げてよいやら……」

あまりにも感情が高ぶりすぎて、後の言葉が続かない。

「お咲坊というのか。よかったね、おかみさん。この娘は運の強い子だ。あんな命の瀬戸際に、救いの神が二人もお出ましになったくらいだからな。きっと丈夫に育つよ」

深刻な雰囲気を和らげるように、左平次は笑って言う。さらに頭を下げる母親の手

に、老人は、そっと一朱銀を握らせて、

「これで、娘さんに飴湯でも飲ませて休ませてやりなさい」

「本当に何から何まで……ご恩は一生、忘れません」

右近と老人、それに左平次に何度も頭を下げてから、母親は女の子を掛け茶屋の方へ連れてゆく。

縁台に座っていた客が、すぐに立ち上がって母娘に席を譲ってやった。自分の手拭いで、女の子の埃を払ってやる老婆もいる。

「さて、と」

額の汗をぬぐった右近は、気を失っている武士を軽々と担ぎ上げると、馬の鞍の上に腹這いに乗せた。ちょうど振り分け荷物のように、だらりと手足を鞍の左右にぶら下げている間の抜けた様を見て、花見客たちは大笑いする。

そこへ、ようやく、中間らしき男が汗まみれで喘ぎながら駆けて来た。

「き、喜八郎様っ」

死骸のようになっている武士を見て、中間は蒼白になった。

「安心しろ、死んでも自業自得だが、落馬して気を失っているだけだ。だが……今度、庶人の迷惑になるようなことをしでかしたら、気絶だけでは済まぬと言っておけ」

「へ、へい……」

腸に響くような右近の声に震え上がった中間は、卑屈に頭を下げ、馬の轡をとってこそこそと逃げ去る。

「お侍様は、大した御方でございますなあ」

「いやいや……ただの大飯喰らいさ。我が身を捨てて、見も知らぬ子供を守ろうとしたご隠居の勇気には、及ぶべくもないよ」

「見も知らぬ子供……」

老人の顔が、急に泣き笑いのような表情になった。

「いえ、わたくしには……あの子が、二十年前に生き別れになった娘のように見えたのでございます」

2

飛鳥山の麓には、音無川が流れている。

その音無川に架かる飛鳥橋のあたりには、江戸から遊びに来る裕福な商人や大身の武士、そして近在の名主、大百姓の利用を見こんで、凝った造りの料理茶屋が建ち並んでいた。

そんな料理茶屋の一つ、〈橘〉の離れ座敷に、右近と左平次、そして十徳姿の老人の姿がある。

老人は、日本橋本町の小間物問屋〈湊屋〉の隠居で、名を与兵衛という。年齢は五十四。平均寿命が一説には三十代半ばというこの時代、五十を過ぎた商人が隠居するのは珍しくもないことであった。顧客には有力大名も多いという大店は、六年前から息子の徳治郎が跡を継いでいる。

「わたくしの生国は豆州で、三島の出でございます。父親は根付作りの職人でした。宿場で根付師というのも妙だと思われるかも知れませんが、水野様のご城下である沼津は、三島宿からわずか一里半という近さ。その沼津の和泉屋という小間物屋が、父の根付を買い上げていたのです。また、三島も戸数が千をこえる大きな宿場で、歌にも唄われるほど飯盛女郎衆の人気で栄えておりましたから、宿場の中でも結構、根付は売れておりました。当然、一人息子のわたくしも根付師になりましたが、お恥ずかしいことに、その頃のわたくしは博奕と女遊びに忙しくて、稼業には身が入りませんでした」

「安心なさい、ご隠居。世の中には、十手捕縄を預かる御用聞きでも岡場所通いが過ぎて、女房から顔面に一升徳利を投げつけられた奴もいる。なあ、左平次親分」

小海老の佃煮を摘みながら右近がそう言うと、猪口を手にしていた左平次は首をすくめた。

「勘弁してくださいよ、旦那」

与兵衛老人も笑って、

「そう言っていただくと、少しは気が楽になります。さて、話の続きですが……」

燗酒で唇を湿してから、老人は再び語り始めた。

「嫁でも貰えば少しは真面目になるだろうと、押しつけられるように所帯を持ったのが、親父の死んだ翌年、ちょうど三十の時でした――」

嫁は、お糸といって、竹細工職人の娘だった。当時、十八で、三島小町という者もいるほど美しい娘。放蕩者の与兵衛も、この嫁には惚れこんで、遊び事からも遠ざかった。

夫婦仲が良いと仕事も順調で、三年後には娘のお篠が誕生した。母親によく似た可愛い子供だった。

親子三人の穏やかな暮らしが崩壊したのは、お篠が四歳になった時である。

ある秋の日の午後、女房のお糸は実家の父が風邪で寝こんだために看病に行き、家にいたのは与兵衛とお篠だけであった。

しきりに父親にまとわりつく幼い娘に、急ぎの仕事で苛々していた与兵衛は、つい、「外で遊んでいろっ」と叱りつけたのである。

お篠は泣きべそをかきながら、表へ出て行った。与兵衛は、その後ろ姿に目をやることともなく、一心不乱に小刀を使っていた。

日が暮れて行灯が必要になった頃、磨きも一段落して、ようやく一息入れた時に、女房のお糸が実家から戻って来た。

「お前さん、お篠は」

「そこらにいるだろう」

「見あたらないけど……」

そう言いながら表へ出たお糸は、通りを捜してみたが、やはり、お篠の姿はない。

さすがに与兵衛も心配になって、三島大社の境内や千貫樋の辺りを捜しまわった。宿場役人にも頼んで、皆に宿場の近辺も捜索して貰ったが、神隠しか人さらいの仕業か、四歳の童女の行方は杳として知れなかった。

お篠が消えてから六日後、弘吉という男が土地の岡っ引に捕まった。弘吉は半端な博奕打ちで、宿場中の嫌われ者の四十男である。

弘吉は、あの日、通りで遊んでいたお篠を言葉巧みに騙して、旅の女衒に売り払ったのだった。

人形のように可愛らしいお篠には、十両という値がついた。弘吉は、その十両を沼津の賭場と遊女屋で、たった六日で使い果たして、平然と三島へ戻って来たのである。

代官所へ送られた弘吉は牢死したが、その旅の女衒の名も素性もわからず、お篠を取り戻す術はなかった。

「嫁に来て以来、一度も亭主に口答えしたことのないお糸でしたが、この時ばかりは、わたくしを罵りました。お前さんさえ家から追い出さなかったら、お篠はかどわかされずにすんだのに――とね」

「……」

「お糸の言うことは本当でした。本当だったからこそ、骨身に応えた。頭に血が昇り、わたくしは生まれて初めて、女をぶん殴ってしまいましたよ」

夫婦仲は冷えきって、与兵衛は再び、博奕場に通うようになった。家に帰ると、彼をなじるお糸を、顔が歪むほど手荒く殴りつけた。

蓄えも底をつき、近所や親戚から借りられるだけ借りて金策の当てもなくなった春の夜に、お糸は、三石神社の境内にある時の鐘の近くで首を括って死んだ。

与兵衛は、女房の弔いを済ませると、残った借金の山から逃げ出して、根付師としての腕だけを頼りにあちこちを彷徨ったあげく、十八年前の夏、物乞い同然の風体で江戸へ辿り着いた。

空腹のあまり、金杉橋の袂にへたりこんでいた与兵衛に声をかけたのが、近くの茶屋の親父。その彦六という親爺は与兵衛に飯を喰わせて、それまでの事情を聞いてから、

「どうだい、お前さん。小間物屋をしてみないかね。根付師なら、小間物屋とまんざら無縁でもない。実は、裏の長屋にいる乙松（おとまつ）という爺さんが、膝を痛めて行商ができないんだ。自分の代わりに台箱を担いで得意先廻りをしてくれる者がいたら、儲（もう）けの半分は渡してもいいと言ってるんだがねえ。住まいは、乙松爺さんのところに同居させて貰えばいい」

願ってもない話なので、与兵衛は一も二もなく承知し、乙松に引き合わされた。

行商をするのは初めて、江戸の地理も皆目わからぬ与兵衛であったが、乙松老人から商売のイロハを教わりながら、熱心に商いを続けた。無論、博奕にも遊女にも全く無縁の暮らしである。

「元々、わたくしは、職人よりも商人に向いていたのかも知れません。乙松爺さんがやっていた時よりも売り上げが倍増し、その儲けと爺さんが貯（た）めていた金を元手にして、浜松町に小さな小間物屋を開きました」

乙松老人を店番にして、与兵衛は行商に精を出し、五年後には日本橋本町に店を構えるまでになった。その頃には、茶屋の彦六も乙松老人も亡くなっていた。

周囲は女房を貰って跡継（あとつぎ）を作れと勧めたが、与兵衛は笑って断った。そして、八方手を尽くして乙松の遠縁の者を捜し出し、その子の徳治郎を養子にして、自分の跡継とした。乙松老人の金で大きくなった店だから、老人の血筋の者に返すのが当たり前と思ったのだ。

　そして、六年前に無事に身代を徳治郎に譲り、今は悠々自適の隠居暮らしなのである。

「昨夜は王子村の将棋友達の家に泊めてもらい、今日は飛鳥山の桜を眺めてから駕籠（かご）で帰ろうと考えていたら……あの騒ぎにぶつかり、こうして秋草様や親分とお近づきになれた次第です」

「なるほど……苦労なすったんですなあ」

　左平次は深々と溜息をついて、

「ご隠居。どうにかして、そのお篠坊を捜し出す手立てはありませんかね」

「なにせ二十年も前のことですから、京へ売られたか、蝦夷（えぞ）地へ送られたのか……田舎のことで、江戸や大坂と違って、迷子札を持たせる習慣もありません。いなくなった時に、お篠が持っていたのは三島大社のお守り袋くらいです。わたくしが余った材料で作ってやった、黄楊（つげ）の母子兎（おやこうさぎ）の根付が付けてあるものですが……わたくしに叱られて表に出てゆく時の、お篠のしゃくり上げる泣き声が、今でも夜中に耳の奥に甦（よみがえ）るのでございます」

「それで、あの女の子がお篠坊と重なって見えたのですな」

　与兵衛の猪口に酌をしてやりながら、右近が言う。

「これはどうも……はい。考えてみれば、お篠が生きていたとしても、もう、二十四。あんな幼い子の姿のままでいるわけがないのですが」

「親心とは、そんなもんでしょう」

実の息子に十二年間も会うことができず、ようやく会って言葉をかわしても本当の父と名乗れぬ——そんな苦しさを背負った秋草右近には、与兵衛老人の気持ちが痛いほどわかるのだ。

あの時こうしていれば、あれさえこうだったら……そんな後悔が、栗の毬(いが)のように四六時中、心を責め立てるのである。

しかし、誰にも時の流れを元に戻すことができぬ以上、人は胸の奥の穴蔵にその哀しみを押しこめ、顔を上げて前を見なければならない。

数十万石の大大名でも、裏長屋の塩売りでも、みんな、そうやって生きているのだ。

「は、ははは。年寄りがつまらぬ長話をいたしました。さあ、親分、秋草様、飲んでください」

与兵衛老人が陽気さを装って徳利を取り上げた——と、その時、

「大変だ、大変だっ」

裏木戸から誰かが庭へ飛びこんで来て、かすれたような声で叫んだ。

左平次が出窓から顔を出すと、近在の百姓らしい色の黒い男が、庭木にしがみつい

て腰を抜かしそうになっている。

「どうかしたのかね」

「観音様が……」男は喘ぎながら、言う。

「み、妙徳寺のご本尊の観音様が……」

「その観音様が、どうしたというんだ」

焦れた左平次が、さらに身を乗り出すと、男は、ごくりと喉仏を動かして、

「頭が……女の生首になってるんだ」

3

　仏教では、真理を悟った者を如来と呼び、その如来になるべく修行している者を菩薩という。菩薩には様々な種類があるが、日本で最も人気があるのは、観音菩薩と地蔵菩薩である。

　観音菩薩は、サンスクリット語からの正確な意訳では〈観自在〉なのだが、一般には〈観世音〉という。生きとし生ける全てのものの救済を求める声を聞く――という意味だ。

　その観音菩薩にも十一面観音や千手観音などの色々な形態があるが、普通に観音様

といえば〈聖観音〉を指す。

王子村の妙徳寺の本尊である観音菩薩もまた、聖観音像であった。蓮華座の上に立った高さ五尺ほどの観音像が、本堂の厨子の中に納まっている。が、宝冠に化仏をいただいた頭部の代わりに、目を閉じた美しい女の生首が乗っかっているのだ。髷は結わず、ざんばら髪が長く垂れて、何とも不気味なものになっている。

「ゆうべまでは何の異状もなかったのに、起きてみたら、こんな風になっていたのじゃ」

赤い目をしばたかせながら、住職の法雲は、もそもそとした口調で説明する。

「起きてみたら……って、もう昼過ぎですぜ、ご住職。朝のお勤めは、なさらなかったんですかい」

いささか呆れた様子で、左平次が訊く。

「いや、その……何やら風邪気味だったので、つい寝坊してしまってな」

「風邪気味なんで、ゆうべは般若湯をひっかけて、ぐっすりと眠りこんでいたってわけですな」

法雲の吐息の中に熟柿のようなにおいが混じっているのに気づいて、左平次が皮肉っぽく言う。

「うむ、まあ……」

　四十半ばと見える法雲は、法衣の前を掻き合わせるようにして、横を向いた。先ほどの百姓――利助がお参りに来なければ、生首観音の発見は、さらに遅れたかも知れない。

　日光御成街道沿いの北豊島郡王子村は朱引きの外、つまり江戸の町奉行所の管轄外である。郡代官所が行政と司法を担っている。さらに、寺の中で起こった事件については、寺社奉行の管轄となる。

　しかし、それは建前であって、実際には寺社奉行に事後承諾をとれば、町奉行所が事件を扱うことは可能であった。特に、このような猟奇的で特殊な事件の場合は、専門の犯罪捜査官がいない寺社方では、どうにもならない。

　左平次も、とりあえず、住職の法雲の承諾をとってから、右近とともに、この現場に踏みこんだのであった。

「寝ついたのは、何刻くらいで」

「そうさな、亥の上刻というところか。お灯明を消した時には、ちゃんとお顔があったのだ」

　この小さな貧乏寺に住んでいるのは、法雲と寺男の文吉という老爺だけ。その文吉も、孫が生まれた祝いで、娘の嫁ぎ先に泊まっていたので、昨夜、寺にいたのは法雲だけだという。

「五十年に一度のご開帳だというのに、とんでもないことになってしまった。歴代のご住職に、何とお詫びしたらよいものやら……のう、左平次親分。何とか早く、ご本尊の頭を取り戻してくだされ」

「ご住職」と左平次。

「お前様には、仏像の頭が何より大切だろうが、あっしたちには、この生首の方が重要でしてね。この女は、どこの誰なのか。そして、誰が、この女を殺して、その首を仏像のそれとすげ替えたのか、それを調べなきゃならねえ……言っておくが、お前様がやったという疑いもあるのですぜ」

「め、滅相もないことを」

威厳のない肉のだぶついた顔の法雲は、あわてて首を横に振って、頬肉を震わせる。

「御仏(みほとけ)につかえる身で、殺生戒(せっしょうかい)を破るわけがない」

「飲酒戒(おんじゅかい)はともかくね」

左平次は、もう一度、皮肉を言う。

「とにかく、この生首を下ろしてみようではないか。よいですな、ご住職」

さっきから黙って成り行きを見ていた右近が、そう言った。法雲は無論、すぐに承知する。

左平次と右近は、厨子(ずし)の周囲や生首観音の様子をじっくりと観察してから、観音像を広間へ出した。それから、そっと生首を持ち上げる。

檜材の木製仏像の内部は、刳り貫かれている。そこに青竹を通し、その先端に生首を突き刺して、固定したのであった。広げた油紙の上に、青竹から抜いた生首を置く。血は、ほとんど流れない。

「今の季節だと、死んでから一日以上二日以内ってとこですね」

検屍の役人がいないから、左平次が長年の経験から推測する。首の切断面の筋肉が収縮していないので、死後の切断だとわかった。斬ったのは、刀ではなく斧か鉈のような肉厚の刃物らしい。だからといって、下手人が武士ではないとは言い切れないが……。仏像の首の方は、鋸で切断したようだ。

「死因は首だけじゃわからねえ。絞め殺したのではないようだが」

絞殺の場合は、顔に苦悶の跡が残るのが普通だ。

「年齢は二十六、七かな。白粉っ気はないが……」

「少し痩せぎすだが、生きてる時は、さぞかし別嬪だったでしょう」

「笄も簪もなく、髷も解いているのは、身元を隠すためだろうな。だが、これほどの美女なら、誰かが知っているだろう」

右近は、瓶を持ったまま突っ立っている利助に、

「どうだ。見覚えはないかね」

「はあ……村の者ではないです」

「ご住職は」

「全く、まるで見たことのない女人(にょにん)じゃ」

少しでも関わり合いの度合を減らそうというのか、法雲は念入りに否定した。

左平次は、瞼(まぶた)を上げて瞳を調べたり、口を開けて歯並びを見たりする。それから、橘で貰ってきた古い瓶(かめ)の中に、女の生首を入れた。中には、塩がたっぷり詰まっている。証拠物件である生首を、塩漬けで保存するのだ。

「この首は、名主のところで保管してもらうことにして……」

左平次は、法雲と利助の顔を交互に見てから、

「これから、女の胴体の方を捜さないとね」

4

薄曇りの空の下、嬬恋稲荷前の家で、縁側に座った右近が煙草(たばこ)を喫(す)いながら、庭に咲いた山吹の花を眺めていると、

「――おう。しばらくぶりだな、親分」

裏木戸から、左平次が入って来た。飛鳥山の一件以来、十日ほどが過ぎている。明

日三月十五日は、木母寺（もくぼじ）の大念仏だ。

「どうも、ご無沙汰いたしまして。昨夜の雷は、ひどうございましたね」

浮かない顔で頭を下げると、左平次は、縁側に腰を下ろした。右近は煙草盆を押しやって、

「生首観音の方は、どうなった」

「へい、それがねえ……」

自分の煙管（きせる）に出された煙草を詰めてから、一服つけた左平次は、溜息をついて、

「どうもいけません。あの生首を入れた瓶を六助の野郎に担がせて、王子村の者は言うに及ばず、近隣の村まで廻りに廻って見せて歩いたが、誰もあの女を知らねえんです。無論、生きてる時の顔と目を閉じた塩漬けの死顔じゃあ、見違えることもありますがね」

「胴体の方は」

「それです」左平次は勢いこむ。

「北豊島郡の代官所だけでなく、同心の旦那にお願いして、あの事件の前後に江戸御府内で首なし女のホトケが見つかってないかどうか、調べてもらいました。が、ないんですよ、これが」

「では、女の胴体は簀巻（すまき）にして江戸湾に沈めたか、どこぞに埋めたか……」

「旦那でさえ、そう思うでしょう。だけど、あっしは別口を考えつきました」

興奮した左平次は、まるで右近を口説こうとするかのように、身を乗り出す。

「別口……とは？」

「小塚原です！」

「なるほど、獄門首かっ」

江戸幕府の転覆を企む、毒薬を売る、主人の親戚を殺す、火事の際に病母を見捨てる……などの重罪を犯した者は、ただ死罪になって首を斬り落とされるだけではなく、その首が沿道で晒しものにされる。

この刑罰を、獄門という。

獄門は主に小塚原で行われるが、鈴ケ森で行われることもある。

四寸角の栂の柱を地中に埋めて、高さ三尺五寸の台を作り、台板の裏側から五寸釘を二本打って、これに罪人の首を突き刺して固定するのだ。さらに、頸部の周囲を粘土で固めて、動かないようにする。

こうして、獄門首は三日二晩晒して、奥州街道を行き来する人々にたっぷりと見物させてから、取り捨てとなった。死罪になった者は、墓を作ることも許されない。

どうしても首を斬りとられた女の死体が見つからないので、左平次は、この獄門首が使われたのではないか――と考えたのだ。

「で、どうだったっ」

「それが……ここ半年ばかり、女の獄門首は出てないんですよ、小塚原でも鈴ケ森でも……」

左平次は、がっくりと肩を落とす。

「目の付け所は良かったのにねえ。親分、お気の毒」

熱い茶を淹れて来たお蝶が、湯呑みを左平次の前に置きながら、そう言った。

「ありがとよ、姐御」

礼を言いながらも、左平次の目は、お茶と一緒に出された浅漬けを凝視する。

「この漬け物は、姐御が……」

「ううん。隣のお関さんにもらったの」

「へえ、そうかい」

左平次と右近は、ほっとした表情になった。〈竜巻お蝶〉という異名で呼ばれた掏摸稼業から足を洗って、素っ堅気になったお蝶は、よく出来た申し分のない〈押しかけ女房〉だが、唯一の欠点は料理下手なことである。それも殺人的なほどの料理下手なので、浅漬けがお手製でないと知って、男たちは安堵したのだった。

「それにしても、姐御。近頃は女っぷりが上がっただけじゃなくて、心根もやさしくなったなあ」

浅漬けを噛みながら、左平次が言う。

「あら、親分。前は鬼だったみたい……でも、誉められたお礼に、生首観音の謎を解いてあげましょうか」

「へへぇ？」

「その女の人は、日光御成街道をやって来た旅の者で、妙徳寺に一夜の宿を借りたのよ」

お蝶は、自信満々で語る。

「ところが、住職の奴が夜中にいやらしい真似を仕掛けて、争っているうちに女を殺してしまったの。始末に困った住職は、祟りか何かに見せかけるために、観音様の頭と女の首をすげかえて、胴体の方は墓場に埋めたわけ。これなら、女の顔を誰も知らないのも、胴体が見つからないのも、ちゃんと辻褄が合うでしょ」

可愛く反りかえった鼻を、得意げに、さらに反りかえらせる。

「なるほどねえ……と言いたいところだが」

左平次は苦笑した。

「さっきは言い忘れたが、生首は新仏のものじゃないかと俺も思って、妙徳寺の墓地は調べたんだ。だが、掘り返した跡はないし、王子村では最近、若い女の葬式はなかったというのさ」

鼻高弁天は、形の美い眉をひそめた。

「あら、つまんない」

「ははは。それに、たしかに住職の法雲は酒に目がない生臭坊主だが、女出入りの噂は聞かねえ。そもそも、五十年に一度の秘仏開帳とか勿体ぶっていたが、あの観音像はそんなに古いものじゃなかったよ。旅の女というのも、一応、村の者や日光街道の茶店でも訊いてみたが、それらしいのは誰も見ていないんだ。真夜中に誰にも見られずに旅の女が妙徳寺へ転がりこんだ——というのも、ちょっとばかり考えづらいしな」

「お蝶親分の初手柄にはならなかったか」

右近も笑う。

「ついでに言うと、生首観音を見つけた利助と寺男の文吉爺さんも洗ってみたが、怪しい点はありませんでした。だけど、旦那。一つだけ気になることがあるんです」

左平次は真顔になって、

「観音様の頭が生首にすげ替えられる前々日に、秘仏の参詣に来た客の中に、妙な三人組がいたそうで」

「ほう、どんな奴らだ」

「一人は三十六、七の遊び人風、もう一人は、若い浪人者。そして、女は螺髷で三十過ぎの玄人風だそうで、とても王子くんだりまで観音様を拝みに来るような殊勝な面じゃなかったそうです」

「そいつらの素性がわかればなあ」

「それなんですよ。観音様の頭も、どこへ捨てられたのかわからないし……」

深々と嘆息した、その時、

「お、親分！　大変だっ」

玄関の方から、けたたましい叫び声が聞こえた。

「あ、松次郎だ。すいませんね、旦那」

あわてて、左平次は立ち上がり、

「馬鹿野郎。他人様の家へ来て、『大変だ、親分』って挨拶があるか」

玄関へ出て、土間にいる松次郎を叱りつけた。

「すいません、親分。でも、本当に大変なんです。向島の土堤下で女のホトケが見つかったんですが、こいつが何と、首がないんですよ」

「何っ、首なし女だと⁉」

左平次は心底、驚いた。

5

左平次の乾分の六助と松次郎は、物好きにも残り少ない桜の見物に向島へ行き、そこでホトケが見つかったと騒いでいるのを聞きつけた。

岡っ引には各々の縄張りがあるが、それはそれとして、事件に最初に手を付けた者に捜査の優先権がある。

だから、すぐに二人は現場へ駆けつけ、六助がその場に陣取って、松次郎は相生町の左平次の家へと走り、そこから右近の家へと向かったのであった。

向島も厳密には朱引きの外だが、あまりにも江戸者が頻繁に通うので、今では、郡代官所に断らなくても奉行所の者が捜査してよいことになっている。

「正式な検屍の前ですが、たぶん、殺されたのは昨日の夜遅くでしょう。ずいぶんと蘆の葉に血がついてますから、首も、ここで斬り落とされたんですね」

諏訪明神に近い土堤の下——蘆の繁みの中に俯せに倒れている女の死骸を調べて、左平次は言った。この蘆に隠れて土堤の上からはホトケが見えなかったのだが、たまたま魚釣りに来た子供が、繁みの中の白い足に気がついたのだという。

「では、残念だが、妙徳寺の生首観音とは関係ないわけだ」

右近がそう言うと、左平次は硬い表情になって、

「いえ、旦那。この上田縞は……例の妙徳寺に来たという三人組の女の着物に似てるようです」

「ほほう」

思わず、右近も死骸を見る目が鋭くなった。

頸部の切断面は、匕首か何かでやったらしく、ぎざぎざになっている。軀に傷はないようだから、おそらく、首を匕首で刺して殺し、その後で苦労して頸部を斬り離したのだろう。

「親分っ」

半町ほど下流の方から、六助が呼んだ。

「首です、首がありましたよっ」

「本当かっ」

左平次と右近は、急いで六助のところへ向かった。

これも蘆の繁みの中に隠されていたのは、大年増の生首。妙徳寺のそれとは違って、螺髷は崩れ、宙を睨んだ恨みの形相である。

「やっぱり……王子村の誰かを呼んで首実検させなきゃいけませんが、三人組の女に間違いないようです」

「首を切断することに、どういう意味があるのか。よほど深い恨みでもあるのか……だが、妙徳寺の生首が三人組の仕業だとしたら、どうして、その仲間の女まで首を斬られたのかな」

「そうですね。生首の女の情人が、仕返しをしたのでしょうか」

　集まった野次馬たちや近在の茶屋の者にも訊いたが、昨夜は春雷が激しかったので、事件の目撃者はいないようであった。

　だが、役人が到着して検屍を済ませてから、胴体と生首を番所に運びこみ、一息ついて番茶を飲んでいると、

「あれは本所のお北じゃねえか」

　表から覗いていた野次馬の中に、そう言う者がいた。本所・元町の矢場で女将をしている女だという。

「この鼈甲の簪も見覚えがある。間違いありませんよ」

　道楽者らしい、その若い男は断言した。

「よし。その矢場へ行って、誰か店の者を引っぱって来い」

　左平次が松次郎に命じると、右近が、

「いや、親分。こっちから行った方がよかろう。その矢場が、例の三人組の巣かも知れん」

「なるほど、そうですね」

右近たち四人は、陽が落ちかけた向島土堤を南へ向かう。元町の矢場に着いた時には、居酒屋の軒先の看板提灯に灯がともされていた。

「親分。もう、店を閉じてますぜ」

先に様子を見に行った松次郎が、そう左平次に囁(ささや)いた。

「逃げやがったかな」

「とにかく、表と裏から入ってみよう」

「じゃあ、旦那は裏をお願いします」

表から左平次と六助、裏口に右近と松次郎という布陣で、「おい、御用の者だ。開けてくれ」と左平次が声をかけたが、返事はない。

表と裏から、ほぼ同時に店の中に飛びこんだ。しかし、二階も天井裏も台所の床下まで調べたが、誰も隠れてはいない。

「店は、昨日の夜から雨戸を閉めたままだそうです」

「矢場女たちは、しばらくの間、店を閉じるからって、半月も前に暇を貰ったそうですよ。下女もです」

「三十六、七の遊び人風の野郎は半次(はんじ)といって、お北の亭主です」

「若い浪人者も出入りしてました。名前はわからねえが、半次たちからは牡丹(ぼたん)の旦那と呼ばれてたそうで」

「それから、六十過ぎの爺さんも出入りしてたとか」

近所の聞きこみに行った松次郎と六助が、交互に報告する。

「おい、親分。見てくれ」

台所の竈（かまど）の中から、右近が、片側が丸みを帯びた燃えさしを拾い上げた。

「これは檜だろう」

「そうですね」左平次は、それを受け取ると、

「あれ？　この形、この色艶は……」

「うむ」右近は頷いた。

「妙徳寺の観音像の頭の一部に違いない」

6

享保年間に江戸中の塵芥（ちりあくた）を集めて三年がかりで作られたという広大な埋め立て地
――深川十万坪。
「一本松……十万坪の一本松……むむ、これだな」
そう言ったのは、〈空っ風（からかぜ）〉の渡世名（ふたつな）を持つ半次である。

お北の死骸が見つかった日の深夜――ねじれたような格好の老松の前に、三人の男が辿り着いた。半次と、三ノ輪・浄閑寺の寺男をしている久作、そして、彼らに牡丹の旦那と呼ばれている袖無し羽織に伊賀袴の浪人者。

彼は腰には脇差の一本差しという軽装で、年齢は二十三、四というところか。女のような細面で整った目鼻立ちだが、どこか酷薄な翳りがある。唇が不気味なほど紅い。

「へへへ、半次兄ィ。お宝は三人で山分けという約束、お忘れじゃありますまいね」

荒筵で包んだ長いものを肩に担いでいる久作は、乱杭歯を剝きだしにして、卑しい笑みを浮かべた。

「久作爺さん、お宝を掘り当てる前から分け前の催促とは、気が早すぎる。あわてる何とかは貰いが少ない――というじゃねえか」

苦笑する半次のすさんだ顔を、十四日月が青白く照らし出す。提灯のいらないような明るさだし、そもそも、なるべくなら照明用具は使いたくない三人なのだ。

「無駄口はそれくらいにして、掘ってみたらどうだ」

浪人者が、呟くような細い声で言う。

「へ、へい」

怯えたような顔になった半次と久作は、筵の中から鍬を取り出して、老松の根元近くを掘り始めた。浪人者は、少し離れた場所に立って腕組みし、黙って作業を眺める。

新田として作られながら未だ大名屋敷以外の人家もない真夜中の十万坪は、まるで亡者が彷徨い出そうな悽愴たる雰囲気だ。あと一月もすると、海辺から這い寄る塩っけを含んだ重い霧に、十万坪一帯が白く包まれることだろう。

「……」

浪人者は、何を考えたのか、無言で長めの袖無し羽織を脱ぎ捨てた。その背中には、革製の筒が背負われている。

右手を背中にまわすと、その筒の中から小型の火縄銃を抜き取る。全長が三十七センチ。三匁五分の弾丸を使用する〈馬上筒〉だ。

正式の火縄銃は全長が一メートル以上なので、密かに携帯することはできないが、この馬上筒ならば持ち運びが簡単なのだ。

浪人者は、筒台に通してある革紐の輪に右の手首を入れて、発射時の銃の保持の補助とする。

「だ、旦那……」

半次と久作が、ぎょっとして作業の手を止めた。

「安心しろ、万が一のための用心だ。お北の死骸は、今日の昼過ぎには見つかったらしいからな」

そう言いながら浪人者は、肥えた芋虫のような形状の早合という装塡具から、銃口を上に向けて銃身の奥に黒色火薬と直径十二・九ミリの鉛玉を入れる。

「あのお北の阿婆擦れが、お宝の隠し場所を書いた観音像の頭を隠さなきゃあ、ゆうべのうちに掘りに来られたんですがねえ。でも、お北が見つかったからって、あっしらがここへ来ることが、町方の阿呆どもにわかるはずありませんよ。へっへっへ」

半次は、片側の頬を引きつらせるようにして嗤う。

「だから、万が一と申しておる。手が留守になっているぞ」

「へいっ」

二人は、土を掘り返す作業を継続する。

その間に、浪人者は馬上筒の火皿に点火薬を注いで、火蓋を閉じた。そして、鉄砲火打と呼ばれる楕円形の用具を使って、馬上筒の火縄に点火した。これで、いつでも発射できる態勢になったわけだ。

「あった！」

久作が叫ぶ。鍬の先端が、何か固いものに当たったのだ。

「どれ、ここかっ」

半次が目を輝かせて、そこを掘る。大きな木箱の蓋が見えた。周囲を掘ってから、その木箱の蓋を開く。

「おおっ」

青白い月光を弾（はじ）いて、山吹色の小判が光り輝く。

「五千両だっ」

「骨湯（こつゆ）の十一兵衛（じゅういちべえ）の隠し金は本当にあったんだ！」

半次と久作は、大金が手に入った感激の余り、泣き出しそうな顔になる。

と、浪人者がいきなり、ぱっと振り向いて、八間ほど先の繁みに向かって引き金を絞った。片手撃ちだ。

どんっ……と腹に響く音と閃光（せんこう）、勢いよく硝煙（しょうえん）が馬上筒のまわりに散る。

繁みの中に潜んでいた左平次は、左肩を撃たれて、地面に倒れた。

「親分、しっかりしろっ」

秋草右近は、巨体で左平次を庇（かば）うようにして、抱き起こし、左肩の裏を見る。

そこも着物が裂けて、血が滲んでいた。つまり、弾丸が左平次の肩を撃ち抜いて体外に出ている、貫通銃創なのだ。

右近は、ほっとする。鉛玉が体内に残ったままだと、鉛毒が心配されるが、これなら出血さえ止まれば大事ない。

「出て来い、犬どもめ」

次弾の発射準備をしながら、浪人者が言う。手拭いで左平次に応急の血止めをした右近が、繁みの中から立ち上がった時には、すでに、射撃態勢に入っている。

「やはり、己れらは十一兵衛一味の残党か」

繁みの中から出て、右近が問う。

「ふん。どうして、ここがわかったんだっ」

半次が鍬を構えて、叫んだ。

「矢場の竈に、〈深川〉と読める観音像の頭の燃えさしが残っていた。それで、仏師から辿って、謎が解けたのさ」

馬上筒との距離を測りながら、右近は言った。

――妙徳寺の法雲和尚を問いつめると、彼は三年前に、酒代欲しさに本尊である観音像を売り払ってしまったと白状した。

そして、古道具屋で買った観音像を代わりに厨子（ずし）へ入れておいたのだ。どうせ秘仏で人には見せず、見た者も四十数年前のことだから、記憶も朧気（おぼろげ）だろうと判断したのである。で、今回、またも酒代欲しさに、偽物の秘仏をご開帳したのである。

が、その観音像を作った仏師の重兵衛（じゅうべえ）こそ、実は、骨湯の十一兵衛の異名を持つ盗人（ぬすっと）の頭（かしら）だったのだ。

十一兵衛は、東海道を荒らしまわった骨湯一味を解散した時に、五千両という大金をどこかに隠し、ほとぼりがさめてから、ゆっくりと使おうと考えた。そして、万が一のために、自分が作った観音像の頭部の中に、隠し場所を書いておいたのである。

そのことは、情婦(いろ)のお紋(もん)にだけ打ち明けていた。

その十一兵衛は、しかし、正体がばれて町奉行所に捕縛され、刑死した。お紋は、観音像の行方を捜したが、どうにもわからない。

そこで、姉のお北に事情を話して、助力を求めた。が、お北は半次と相談して、お紋が骨湯一味の残党に喋らないように彼女を絞め殺し、大川に捨てたのである。

それから、お北と半次は、悪党仲間の久作と浪人者を味方にして、三年がかりで、ついに観音像の行方を突き止めた。だが、観音像の頭部だけを盗んだのでは、不審に思われる。かといって、丸ごと盗むのは難しい。そこで、観音像の頭部を女の生首とすげ替えるという手を思いついたのだ。

そうすれば、誰もがその猟奇性から、生首の方にばかり気を取られて、観音像の頭部など気にしないだろう——と読んだのである。事実、左平次たちは生首の素性に振りまわされた。

生首を調達したのは、久作だった。

浄閑寺は、吉原遊郭の遊女の投げこみ寺として知られている。死んだ遊女は、早桶(はやおけ)という粗末な棺桶に入れられて、忘八衆(ぼうはちしゅう)によって浄閑寺に運びこまれる。葬式も何もない。あとは、寺男の久作が墓地に穴を掘って埋めるだけだ。

だから、その日運びこまれた小笹(こざさ)という遊女の首を密かに鉈で切断しても、誰にもわからなかったのである。

小笹の生首を持って、王子村に向かった半次とお北は、深夜、観音像の頭部とすげ替えた。そして、夜道を本所へと向かったのだが、その途中で、お北が頭部を持って逃げてしまった。

五千両のために実の妹を殺したくらいだから、情人を裏切るくらい、朝飯前だったのである。

半次たちは、血眼（ちまなこ）になってお北を捜し、ついに昨夜、向島の廃屋で見つけた。そして、土堤下へ逃げたお北の首を、浪人者が馬上筒で撃ち抜いたのである。

その銃声は、春雷にまぎれて、誰にも気づかれなかったようだ。それから、銃痕（じゅうこん）がわからないように、わざと荒っぽく首を切断して、近くに捨てたのだった。

お北が隠した頭部を捜し出すのに、半次たちは半日以上かかった。そして、その頭部を細かく分解して、十一兵衛の書き置きを見つけるのに、さらに時間がかかったのである。

頬の部分の内側には、〈深川の十万坪の一本松の根元〉と書かれてあった。十一兵衛の十と一、に引っかけたらしい。深川とさえわかれば、あっけないような謎解きであった。

その分解した頭部を、ちゃんと焼き尽くしておかなかったのが、半次たちの失敗だった。燃え残りに書かれた〈深川〉という文字と仏師の重兵衛が十一兵衛だったことから、右近は、十万坪の一本松に網を張ることを左平次に進言したのである……。

「お前たちは、どうせ逃げられぬ。深川の周囲の橋という橋には、乾分たちが張りこんでいるんだ」

「そいつはご苦労様だな」半次は嗤う。

「残念だが、洲崎の浜に小舟が用意してある。そいつに乗って江戸湾へ出れば、あとは好きなところへ逃げられるのさ。へへへ」

「——おい」浪人者が口を開いた。

「貴様、名は何という」

「俺か。弱い者いじめが大嫌いで強い者いじめが大好きな、秋草右近という漢だ」

「ふ……良いところで会えた。俺は、本位田蝶之介という」

美しい浪人者の顔に、邪悪な微笑が広がる。

「本位田……すると、本位田鹿十郎の身内か」

「鹿十郎は、俺の実の兄だ」

右近は、昨年の暮れに、放火で材木の値段をつり上げようとした成田屋の一味と闘い、乳切木を遣う本位田鹿十郎を倒した。

殺生をしなくてすむようにと、わざと刃のない鉄刀を帯びている右近であったが、鹿十郎ほどの強敵には、斬らずには勝てなかったのである。

「兄者の仇討ちだ。一発で地獄へ送ってやる」

右腕を一直線に伸ばして、片手構えで右近を狙う。右近は、すらりと鉄刀を引き抜いて、

「見事、俺の脳天をぶち抜いて見るかっ」

大上段に構えた。

「愚かな……鉄砲玉を斬り落とそうとでもいうのか。所詮、刀など時代遅れの武器に過ぎぬ。この馬上筒に狙われて、命があると思うなよ」

「――撃ってみろ」

右近は、にやりと嗤った。が、心の臓は早鐘のように鳴っている。胃袋が千切れそうだ。

自信があるわけではない。生涯で初めて試す秘技だ。しかし、師の埴生鉄斎は、「お前ならば遣えるはずだ」と伝授してくれたではないか。

信じるのだ、二百数十年前に剣聖と呼ばれた兵法者の創造した秘技を……！

「くたばれっ」

本位田蝶之介は、ぴたりと右近の額に狙いを定めると、静かに引き金を絞った。

火挟みが落ちて、火縄の先端が火皿に触れ、点火薬に火がつく。そして、装填され

ていた黒色火薬に引火して、その急速燃焼する火薬の圧力で、銃声とともに三匁五分の鉛玉が銃口から飛び出した。

手裏剣や弓矢とは比較にならぬ速さで、右近の額に向かう。

が――信じられぬことが起こった。

右近は被弾しなかった。

しかし、弾丸が外れたのではない。蝶之介の腕前は確かだった。間違いなく、右近の額めがけて、弾丸は飛来したのだ。

けれど、彼の額の前には、大上段に構えた鉄刀の柄があった。その肉厚の柄頭に、弾丸は命中したのである。

並の剣客の握力なら、着弾の衝撃に耐えきれず、柄頭で額を砕かれるであろう。だが、暴れ馬の脚をつかんで停止させるほどの筋力があれば、この秘技が可能なのであった。

塚原卜伝高幹が編み出した、刀で鉄砲に勝てるという究極の秘剣――〈一つの太刀〉がこれである。別名を、真龍という。

鉄砲を撃つ瞬間には、必ず、銃口が停止して火線が定まる。それに合わせて、弾丸の飛来する位置に、大上段に構えた刀の柄頭を移動させて、そこに当てさせるのだ。

火縄銃は単発ゆえ、第一弾さえ防げば、あとは射手に駆け寄って両断するだけだ。

気力と胆力と技術が全て充実していなければ、絶対に成功しない秘技である。

「ば、馬鹿な……？」

愕然とした蝶之介に向かって、右近が奔る。

はっと気づいた蝶之介は、あわてて火薬と弾丸を装填しようとした。が、驚愕と恐怖のために、銃口から火薬がこぼれてしまう。

その早合を捨てて、別の早合を手にした瞬間、右近の鉄刀が、右肩に叩きこまれた。

「ぎゃっ」

肩の骨を微塵に砕かれた蝶之介は、馬上筒を放り出して倒れる。が、地面に右肩をぶつけながらも、左の逆手で脇差を抜く。

とっさに右近は跳躍して、臑を狙ってきた脇差をかわすと、蝶之介のこめかみに鉄刀を振り下ろした。彼の両眼と鼻孔と口と両方の耳孔から、霧吹きを使ったように鮮血が噴き出す。

麗貌を血まみれにして、薄笑いのようなものを浮かべたまま、本位田蝶之介は絶命した。

「ひ……ひゃあっ」

仰天した半次と久作が、別々の方向へ逃げ出した。駆けつけた六助と松次郎が、二人を捕縛する。

右近は納刀すると、左平次のところへ戻った。

「旦那……旦那は鬼神ですね。絶対に誰にも負けませんね」

出血と撃たれた衝撃のために青ざめている左平次が、言う。

「いや……先生のおかげさ」

九死に一生を得た秋草右近の全身は、冷たい脂汗で、どっぷりと濡れていた。

7

それから三日後――少し汗ばむような陽差しの中を、右近と左平次は日本橋本町へやって来た。

左平次は布で左腕を吊っているが、顔色は悪くない。が、さすがに浮かない表情だった。右近たちは、小間物屋の湊屋の前に来ると、店先からは入らずに、裏手にまわる。

ちょうど裏口の前で水を撒いていた色の黒い下女がいたので、右近が「飛鳥山でお会いした者だが、ご隠居に取り次いでくれぬか」という。

下女は中へ引っこんだが、すぐに戻って来て、二人を案内する。沼津垣に囲まれた隠居所は、渡り廊下で母屋と繋がっていた。

座敷に通された二人に会って、隠居の与兵衛は嬉しそうに、

「よくおいでくださいました。年寄りが、暇を持て余していたところでございます。親分のお手柄はうかがっておりますよ。傷の具合はいかがでございますか」

「ありがとうございます。ご隠居。育ちが悪いせいか、軀だけは人一倍丈夫に出来ておりまして、歩き回れるようになりました」

「それはようございました。どうです、傷に障りがなければ、熱いのを用意させましょうか」

「いや、ご隠居」と右近。

「今日は、お知らせしたいことがあって参ったのです」

「はあ、わたくしに……何でございましょうか」

「王子の観音像の一件、その顛末はお聞き及びでしょうが――」

手短に説明する右近を、不思議そうな顔で与兵衛は眺める。

「で、それが何か」

「これをご覧ください。病死した小笹という遊女が首にかけていたのを、久作が売り飛ばすつもりで剝ぎ取っていたものです」

それは手垢にまみれた古い根付であった。黄楊であろう。

摩耗して細工が消えかかっているが、元は母と子の兎が身を寄せて丸まっている形

だったと思われる。

「あっ……」

根付を掌に乗せた与兵衛の顔が、一瞬で灰色に変わった。かっと見開いた目が、その根付から離れない。

「やはり、見覚えがありますか」

辛そうに、右近が問う。

「わたくし……わたくしが……お篠に作ってやったものです……二十年前に」

悪党の弘吉が旅の女衒に売り飛ばした四歳の童女は、大坂の新町遊郭にある遊女屋に売り飛ばされ、禿として修業しながら、十四歳になれば客をとらされる予定であった。

が、お篠が九歳になった時、取引先の接待のために遊女屋を訪れた生駒屋弥三郎という者が、その清らかな美貌を哀れんで、自分たち夫婦に子がいないのを幸いに、彼女を養女として引き取った。

呉服商の弥三郎夫婦はよい人たちで、お篠は可愛がられて順調に成長した。

時に実の両親を懐かしむこともあったが、弘吉から「お前の親父に頼まれたのだ。暮らし向きが厳しいから、お篠を売ってくれ、とな」という嘘を吹きこまれていたし、それをお篠も弥三郎夫婦も信じこんでいたので、三島の与兵衛夫婦に手紙を出すという気持ちにもなれなかったのである。

　そのまま何事もなければ、悲劇ではあるものの、お篠は人生を穏やかに過ごせたかも知れない。

　しかし、彼女が十五になり、そろそろ婿取りの話も出だした時――酒乱の浪人者が白昼、刀を振りまわして、通りがかりの弥三郎夫婦を斬りつけた。手当の甲斐もなく、二人とも翌日、息をひきとった。

　四十九日も済まぬうちに、お篠の後見人という名目で親戚の庄右衛門という男が店に乗り込んで来て、それまでの奉公人に暇を出すと、完全に店を乗っ取ってしまった。さらに、その息子の庄太というのが、お篠を手籠めにして、昼となく夜となく好き放題に凌辱した。

　その挙げ句に、彼女が妊娠すると、「どこの誰とも知れぬ種を孕んだ淫奔者」と難癖をつけて、店を追い出してしまったのである。

　元より大坂には親戚もない身の上、行くあてもなく夜の町を彷徨っていたお篠に声をかけたのは、煙草売りの仙太という男で、自分の家に連れ帰ると、抵抗する気力もなくなっているお篠を一晩中、弄んだ。

　それから半年ばかり、仙太の女房とも下女ともつかぬ扱いを受けているうちに、子は流産した。

そして、軀がようやく本調子に戻った頃、仙太の博奕(ばくち)のために、お篠は女衒に売られた。行く先は、江戸の吉原遊郭であった。女衒に毎夜、犯されながら、お篠は東海道を下った。

三島宿で、お篠は女衒を拝み倒して、元の家へ行ってみたが、そこには誰も住んでいなかった。茶店の人間にそれとなく訊いてみると、母は自殺し、父は行方をくらましたという話。

重い足取りで、お篠は三島宿をあとにした。

そうして、吉原の芳泉楼(ほうせんろう)で小笹の名で遊女勤めをしていたお篠であったが、昨年の暮れから体調不良で起きあがれなくなり、今月に入って息を引きとったというわけだ。医者は、臓腑に腫れ物が出来たので治療法はない――と言ったそうだ。

そのお篠が、病床で毎日撫でまわしていたのが、首からさげた母子兎の根付。それだけが、実の両親の甘い思い出に繋がるものだったからだ。そして、看病してくれた下女のお種に、自分の素性を語って聞かせたのである。

根付を見た右近が、もしやと思って芳泉楼へ行き、そのお種に真相を聞いたのだった。

寂しく死んだ不幸な不幸な一人の遊女は、死んでからも墓所でさらに酷(むご)い目に遭い、そして今、ようやく、その遺品が実の父親に届けられたのである。

「……良かった」

凍りついたようになっていた与兵衛が、ぼそりとそう言ったので、右近も左平次も、何か聞き間違いをしたのではないかと思った。

「良かった――とおっしゃいましたか」

左平次が、おそるおそる訊くと、与兵衛は静かに頷いて、

「生きているのか、死んでいるのか、生きているとしても何か非道い目に遭っているのではないか、死んでいるとしても無惨に鳥獣に啄まれているのではないか……そう思うと、胃の腑が捻られるような気持ちでございました。酷い、非道い、可哀想な娘の最期ではございましたが、こうして秋草様と親分のおかげで知ることが出来たので、ちゃんと墓を立てて供養してやることが出来ます。ありがとうございました」

両手をついて、深々と頭を下げる与兵衛であった。

「いや、ご隠居……こちらとしては、ただ、お悔やみを申し上げるばかりです」

右近も左平次も、悄然として頭を下げる。

「それにしても、皮肉なものでございますなあ」

与兵衛は深々と溜息をついた。

「わたくしは女遊びを断って商いに精を出して参りましたが、同じ江戸の中にいた父と娘、その芳泉楼とやらへ遊びに行けば、顔を合わせることもございましたでしょう。

ひょっとしたら、一目見ただけで、父と娘と気づいたかも知れません。これが因果というものでしょうか」

「……」

言葉もない右近だ。左平次が遠慮がちに、

「で、ご隠居。浄閑寺の方はともかく、お篠さんの首は、名主屋敷に預けてあります。今日にでも、うちの若い者に受け取りに行かせようと思うのですが」

「いえっ、わたくしが参ります」

与兵衛が強い口調で言う。

「それが、せめてもの娘に対する詫びで……駕籠を頼みますから」

「では、親分の添え書きを持って、俺が同行しよう」

「そうでございますか。秋草様、よろしくお願いいたします」

与兵衛はもう一度、頭を下げてから、

「おや、お茶が冷めましたな。ははは、どうも気の利かないことで困ります。今、熱いのを淹れさせますから。駕籠の手配もありますから、失礼して——」

座敷を出た与兵衛の足音が、渡り廊下の方へゆく。

「旦那、意外とご隠居が気丈だったので、助かりましたね」

「ん……」

右近が曖昧な相槌を打つと、渡り廊下の方から、嗚咽が聞こえてきた。

与兵衛が、堪えきれなくなって泣いているのだろう、腸の底から絞り出すような、長い獣の遠吠えのような嗚咽であった。

思わず、左平次が腰を浮かせると、

「親分。放っておいてやるがいい」

右近はそう言って、冷えた茶を飲み干した。左平次は頷いて、座り直す。

「ご隠居様、どうなすったんですか、ご隠居様っ」

先ほどの下女が、与兵衛に駆け寄ったようであった。

庭の牡丹が、老人の哀しみも知らぬように、陽の光を浴びて無心に紅く咲いている。

永すぎる地獄

1

よく晴れた日の音羽町の大通りを、若い下女を連れた武家の妻女が歩いている。

年齢は二十代後半であろう、ほっそりとした軀つきをしていた。身のこなしは優美で、その面貌も気品にあふれている。

肌は雪をもあざむく白さで、煙るような眉に、黒々とした瞳の大きな目。女にしては鼻梁が高いが、鼻翼は丸く全体の輪郭がまろやかだから、賢明な印象を与えこそすれ驕慢な感じは全くない。

時折、その妻女は、後ろをついて来る下女の方を振り向いて、やさしげな表情で何事か話しかけている。

（あたしは……なんて馬鹿なことをしてるんだろう）

お蝶は五間ほど離れて、二人のあとをつけながら、胸の中で舌打ちしていた。

元は〈竜巻お蝶〉の渡世名で呼ばれた凄腕の女掏摸――それが今は、天下の素浪人・秋草右近の押しかけ女房となり、ほとんど同棲に近い暮らしを始めて、もう二年以上になる。

右近にふさわしい女になろうと掏摸の腕前も封印して、昔仲間に脅迫されても殺されかけても、その決意を守り通した。

それほど真剣に、そして健気に右近に惚れているお蝶が、今、尾行している相手は――右近の別れた妻であった。

名は、近藤八重。今年で三十の大台に乗ったが、まだ二つか三つは若く見える。

彼女は、納戸頭を勤める七百石の旗本・近藤甚右衛門の一人娘であった。十四年前に、三年以内に八重を懐妊させたら正式な婿として認める――という種馬扱いの屈辱的な条件で近藤家に入ったのが、貧乏御家人の次男坊・秋草右近である。

右近は十八歳、八重は十六歳。互いに、相手が初めての異性だったという。

八重は、容姿だけではなく心までも美しい娘であった。最悪の経過で結婚した二人ではあったが、それゆえに心の結びつきが強くなったのか、仲睦まじい夫婦となり、半年後、見事に八重は懐妊した。

だが、いざ懐妊が事実となると、近藤甚右衛門は約束を破って、わずかな作法違いを理由に右近を追い出し、すぐに勘定奉行の三男坊の水野辰之進を正式に入婿に迎えた。

絶望した右近は、実家へは戻らず江戸を捨てて、関八州を流れ歩いた。賭場の用心棒や矢場女の情人など決して自慢できない無頼の暮らしを送っていた右近が、十二年ぶりに江戸へ戻って来たのは、父母が病没したと風の便りに聞いたからである。

そして、江戸に着いた時に、右近は八重と運命的な再会をし、その後でお蝶に出会ったのだった。

八重は非情な別離の後に、無事に男児を出産していた。真実を知っているのはごく少数の関係者だけで、新之介と名付けられた男児は、辰之進を本当の父親だと信じている。

その近藤新之介が、偶然に知り合った右近を「秋草のおじ様」と慕って来るのは、喜ばしくもまた哀しい運命の皮肉であった。

このような経緯を右近は順序立てて、お蝶に話したわけではない。寝物語に、お蝶に問われるままに、ぽつりぽつりと断片的に喋っただけである。

お蝶は、八重のこと、新之介のことを右近が包み隠さずに話してくれたのが、素直に嬉しかった。夫婦になろうと言ってくれたわけではないが、自分を信頼してこその重大な打ち明け話であろう。

が、日が経つにつれて、お蝶は、己れの心に、ある思いが芽を出して徐々に枝葉を広げていくのを感じた。それは、八重を一目見てみたい――という思いであった。

つまらない嫉妬だというのはわかっているが、右近と契りをかわして、子まで成し、今もまだ彼の胸の奥底に巣くっている女の顔を、見たくて見たくてたまらなくなったのだ。

そういうわけで、お蝶は正午前に、近藤家があるという小日向まで、やって来た。安藤家下屋敷の近くに、その屋敷はあった。

旗本の石高と屋敷の広さは、必ずしも比例しない。四千石でも千五百坪程度なのに、二千石で三千坪以上だったりする。六百石で千坪以上の者もいる。

近藤家の屋敷は、八百坪ほどの広さと見えた。七百石の旗本の屋敷としては、立派なものである。

納戸頭には元方と払方があり、元方は将軍の衣類や調度品の買い付けや金銀の管理を行う。払方は、将軍が大名や旗本に対して下賜する品物を扱う。どちらも役得の多い職制で、近藤家は元方であった。

その主人の出入りの時以外は閉じられている長屋門を見て、初めてお蝶は重要な勘違いに気づいた。

これが町人の家ならば、黒板塀でもめぐらせていない限り、そこの女房が掃除をしたり洗濯物を庭に干したりする様が、垣根ごしに表から見えるだろう。だが、旗本屋敷を往来から眺めていても、そこの住人の姿が見えるわけがないのだ。

それでも諦めきれずに、お蝶が四半刻ほどうろうろしていると、門の脇の潜り戸から十五、六歳の下女が出て来た。風呂敷包みをかかえている。

次いで、丸髷の武家女が出て来たのである。年格好や下女の態度からして、これが近藤辰之進の妻、八重に間違いない。

お蝶は、衝撃を受けた。

（なんて綺麗な人……）

同性ながら見惚れてしまうほど、八重は美しい。浄らかな魂がそのまま見目形に反映したと思われるような、透明な美貌であった。臈長けたという表現が最もふさわしい。

二人が歩き出すと、見えない糸で引かれるように、いつの間にかお蝶は尾行していた。八重は、どこかに届け物に行くようである。

（外面如菩薩内心如夜叉っていうからね。あたしは騙されないよ。あんな仏様みたいな澄ました顔をしていても、お武家の奥方なんて、むやみに威張り散らす厭な女に違いないのさ）

無理矢理に、お蝶は自分にそう言い聞かせた。

ところが、小間物屋の店先に展示してある品物に気をとられた下女が、躓いて風呂敷包みを取り落としそうになっても、八重は柔らかい微笑で注意しただけであった。厭な女どころか、距離をおいて見ていても、下女が八重の人柄に心酔しきっているのがわかる。

二人は江戸川に架かる橋を渡り、関口水道町の角を左へ曲がった。

あと半月もすれば鬱陶しい梅雨がやって来るだろう今、陽射しには力が漲り、行き交う人々の影を黒々と地面に映しこんでいる。

寒くなく暑くもなく一年中で一番過ごしやすい季節で、人々の表情も何となく明るいようだ。

お蝶は急に虚しい気持ちになって立ち止まり、大きく溜息をついた。

屈折した妬心に自分でも嫌気が差して、別の道から嬬恋町へ戻ろうとした——その時、

「お待ちなさいっ」

毅然として澄んだ声が、お蝶の耳に飛びこんで来た。

それは、八重の声であった。

2

見ると、田楽屋の店先で印半纏を着た四十がらみの男が、八重を睨みつけていた。

その八重の後ろには、小さな男の子と老婆が蹲って震えている。

「お武家の奥様が口を出すことじゃねえんだ。引っこんでてもらいましょうかい」

赤黒い顔をした男は、いささか呂律が怪しかった。木の芽田楽を肴に、安酒を喰ったのだろう。

「このような年寄りと子供に、乱暴をしてはいけません」

下女がしきりに袖を引いて止めるのに、八重は恐れる様子もなく諭すように言う。

どうも、質の悪い酔っぱらいが通りがかりの老婆と孫に因縁をつけたものらしい。

たちまち、八重たちの周りには人垣が出来る。

「この腐れ婆ァが、阿弥陀の徳蔵様にぶつかりやがったんだ。許せねえ、餓鬼もろとも足腰立たねえようにしてやるっ」

徳蔵という職人は、吠えた。

「嘘だ、お前が婆ちゃんに突き当たったんじゃないか、婆ちゃんを苛めるなっ」

老婆に抱かれた、五、六歳の男の子が叫ぶ。

「何をっ！」

「そのように怒らずに……わたくしが代わって詫びましょう。この通りです」

上品な所作で、八重は静かに頭を下げた。

お蝶のみならず、周囲の野次馬たちも心底、驚いた。

七百石の旗本の妻が、見も知らぬ町人の難儀を看過せずに、頭まで下げるとは。普通なら、職人と直に口をきくことすら避けるだろう。

「いや、勘弁ならねえっ」

さらに喚いた徳蔵は、不意に、にやりとして、

「詫びるというなら、ちょいと中で奥様に酌でもしてもらおうか」

よほど酒癖が悪いらしく、徳蔵は指毛の濃い手で、むんずと八重の白い手首をつかんだ。

その瞬間、ぴしりっと徳蔵の頬が音高く鳴った。八重が反射的に、平手打ちにしたのである。

「この……」

徳蔵が血相を変えた時、そのこめかみに、どこからか飛来した石が命中した。団子ほどの大きさの石だ。

「わっ」

さすがに両手で押さえると、その下から、たらりと一筋の血が流れ落ちる。

「だ、誰だっ」

赤く濁った目で、徳蔵は野次馬たちを睨みつけて、

「今、俺様に石を投げつけたのは、どいつだっ⁉」

その怒気の凄まじさに、関わり合いをおそれたらしい小心なお店者が一人、あわてて逃げ出した。それを見た徳蔵は、

「てめえか、てめえだなっ、ぶっ殺してやる！」

そう喚くと、もつれるような足取りで、濡れ衣を着せられたお店者のあとを追う。

おそらく、追いつくことは難しいだろう。

笑い声を上げて、野次馬たちは散りだした。

「ほら、もう安心おしな。悪い奴は、行っちまったよ」

お蝶は、蹲っている老婆と男の子を助け起こした。誰にも気づかれずに手首を返す力だけで、徳蔵に小石を投げつけた真犯人は、勿論、このお蝶である。

「あんたは強い子だ。よく、お婆ちゃんを守ったね」

男の子の芥子頭を撫でてやると、紙に包んだ小銭をその手に握らせた。

「そんなことをしていただいちゃあ……」

恐縮する老婆に、

「いいんですよ。二人で蕎麦でも食べて帰りなさいな。それに、礼なら、あたしじゃなくて、こちらの……奥様に」

思わず、八重様と言いそうになったお蝶である。老婆と孫は、八重とお蝶に何度も頭を下げてから、手をつないで歩き去った。

「奥様、よくまあ、止めに入られましたね。大の男が見て見ぬふりをしていましたのに」

「いいえ、当たり前のことをしただけです。それに……」

八重は涼やかに微笑して、

「石礫を投げたあなたの方が、勇気がありますよ」

それを聞いて、お蝶は目を丸くした。彼女の周囲の者でさえ、全く気づかなかったのに。

「どうして、わかったんです？」

少し小首を傾げた八重は、

「何となく。あの二人にかけた声のやさしさから、そう思われました」

天女のように涼やかな笑みを絶やさずに、そう言った。

お蝶は、あまりの羞かしさに、喉元に熱い塊のようなものがこみ上げてくるのを感じた。

「し、失礼しますっ」

頭を下げて、急いで走り出す。背後で八重が何か言ったようだが、聞き取る余裕はなかった。

早く、どこか誰も見ていない所へ行って――お蝶は泣きたかったのである。

3

「あの、もし……失礼ですが、秋草右近様でございますか」

お蝶が近藤八重の前から逃げ出したのと、ほぼ、同時刻――大川の百本杭（ひゃっぽんぐい）の辺りに挽き臼（ひきうす）のような臀（しり）を据えて釣り糸を垂らしている右近に、斜め後ろから遠慮がちに声をかけた男があった。

年齢は二十四、五歳か、粘土の塊のように野暮ったい顔つきで、どこかの商家の手代と見える身なりである。

「まあ、そんなような者だ。お前さんは？」

振り向きもせずに、陽光に煌（きら）めく川面（かわも）を見つめたままで、右近は問う。まるで畳のように広い背中である。頭の上には、日除けの手拭いを載っけていた。

「はい。わたくし、浅草森田町（もりたちょう）の真崎屋吉兵衛（まさきやきちべえ）の次男で、伊之助（いのすけ）と申します、御宅の方がお留守だったので、お隣のお関さんという人にうかがいましたら、秋草様はこちらで釣りをなさっている、と」

「森田町の真崎屋……ああ、因業だと評判の高利貸しだな。真崎屋で、金を借りたら、お先まっくら――って戯れ歌があるそうじゃないか」

「畏れいります」

　伊之助は恐縮しながら、広い額の汗を手拭いで吸い取る。

「もっとも、高利貸しは因業が信条、人が良くては商売にはなるまい。で、俺に何か用かね」

「はい、それが……」

　秋草右近が、ただの暇を持て余している貧乏浪人にしか見えないのだろう。信用できる相手かどうか判断に迷って、言いよどんだ伊之助は、ふと、釣り糸の先を見て、

「秋草様、浮子がありませんが。取られたのでは」

「いや、浮子は最初から付けておらんのだ」

「はあ……」

　何のことかわからずに、伊之助が首を傾げていると、水面を見つめていた右近の瞳が急に、すっ……と窄まった。

　素早く、安っぽい釣り竿の先端を一回転させると、そのまま跳ね上げる。

ばしゃっと白い水冠を立てて、目の下一尺近い鯉が軀をくねらせながら、宙に飛び上がった。その鯉は、放物線を描いて、自らの意志でそうしたかのように、すとんと魚籠の中に飛びこむ。

その時には、釣り糸の先端は右近の左手に握られていた。釣り針を鯉の口から外す作業はしていない。

「そ、そんなことが……」

伊之助は啞然としていた。右近は、釣り針も餌も無しで、その鯉を釣り上げたのである。

釣り糸の先端には、重しとして、小石が結びつけられているだけであった。

その釣り糸を、泳いでいた鯉の左右の鰓の内側に、くるりと巻き付けて、水の中から宙へ放り投げたのである。

この呼吸を計るために、右近は川面を注視していたのである。釣り針も餌もないのだから、浮子も必要ないわけだ。

「秋草様は噂通りの……いえ、噂以上の剣の達人でございますねっ」

「ただの遊びだよ」右近は微笑した。

「こんなことは、本当の兵法の腕前とは何の関係もない、さて――お前さんの用件は何だね」

「はい、是非とも秋草様に相談にのっていただきとうございますっ」

迷いも疑いもなく、心底、すがりつく表情で、伊之助は言った。

「実は、わたくしに兄殺しの疑いがかけられているのです！」

4

真崎屋吉兵衛——元は内田吉右衛門(うちだきちえもん)といって、上州高崎藩の勘定方役人であった。

上司と仲違(なかたが)いして、浪人となり、妻の多加(たか)と二人の息子を連れて江戸へ出て来たのが、二十二年前である。

他の浪人と違って、再仕官の口を求めてではない。祖父の代から役得で貯(た)めこんだ五百両ほどの元手で、高利貸しを始めるためであった。

通常、高利貸しは、客が元金を返済出来なくなると、利息を上乗せして借金証文を書き換えさせる。これで、雪達磨(ゆきだるま)式に元利が増えていくという仕組みだ。

が、真崎屋吉兵衛は、貸金の上限を一口十両にして、しかも半年以内の短期返済のみとした。この手堅い商法が当たって、小さな借家から出発して浅草森田町に真崎屋の看板を上げるまでに、わずか六年しかかからなかったという。

また、大抵の高利貸しは、寺社や裕福な武家から資金を調達して、その利息を金主(かねぬし)

に払いながら営業している。

だが、真崎屋は自己資金のみで貸しているため、利益が全て自分の懐に入る。しかも、取り立ては同業のそれと比べても厳しいときているから、これで栄えない方がおかしい。

今の真崎屋の身代は、貸金と蔵の中の現金、それに地所や家作を合わせて、三万両は下らないといわれている。

その当主、真崎屋吉兵衛は、今年で五十八歳。一説には庶民の平均寿命が三十五歳といわれるこの時代の人間としては、とっくに隠居すべき年齢である。

子供は息子が三人で、長男の千代次郎が二十七歳。次男の伊之助が二十五歳。江戸で生まれた末っ子の鶴吉は二十歳。三人とも、まだ嫁を貰っていない。

高崎でも美人として有名だった妻の多加は、鶴吉を産んだ後、産後の肥立ちが悪くて、半年ほどで死亡した。吉兵衛は後添えも貰わず、吉原へ通うこともなく、何の道楽もせずに商売一筋で生きて来たのだという。

跡取りは当然、長男の千代次郎だが、年の割には丈夫な吉兵衛は隠居する気は毛頭無く、躯の動く限り、主人として君臨するつもりだった。

「――ところが、その父が十日ほど前に左足の骨を折ってしまいました。蔵の中で、階段を踏み外したんです」

　本所石原町の居酒屋の切り落としの座敷で、持ち込んだ鯉をさばいて貰った洗いを肴に、酒を飲みながら伊之助の話を聞いている右近である。その店には、他に客の姿はない。

「近所の骨接ぎの先生が言うには、年寄りのことだから歩けるようになるまで二ヶ月はかかるだろう――という話でした。それで父は急に気弱になったのか、来月には正式に隠居して、店を千代次郎兄さんに譲ると言い出しまして」

「なるほど。あんたは、それに不満はなかったのかね」

　手酌でやりながら、右近は言う。

「不満なんて……兄さんは何と言っても総領息子ですし、人当たりが良く、商才もあります。わたくしは、人を使うよりも使われるのが性にあっております。暖簾分けして貰うよりも、ずっと兄さんの下で働いていた方が気楽だと常々、思っていたくらいです」

「だが、その兄さんが殺されたというのだな」

「は、はい……」

　頬を白々とさせた伊之助は、それまで手をつけなかった猪口の酒を一息に飲み干し、ふうっと息をつくと、

「三日前の朝でございます、奥の父の部屋で寝ていた兄さんを女中のお島が起こしに

行くと、兄さんは夜具の中で胸を刺され血まみれになっておりました。お島の悲鳴を聞きつけて、すぐさま、わたくしたちが駆けつけましたが、とうに事切れていて、医者を呼ぶどころではありませんでした」

早速、地元の岡っ引・北国の粂造がやって来て、現場を調べた。

軀と血の固まり具合から、犯行は、丑の上刻から寅の上刻——つまり、午前一時から三時の間と推測された。胸の傷は匕首によるものらしいが、その凶器はどこにもない。下手人が持ち去ったのだろう。

父親の部屋に千代次郎が寝ていたのは、吉兵衛が療養のために根岸の寮へ行っているからだ。そこで、千代次郎は吉兵衛と間違われて殺されたのではないか——という疑いが出てくる。

問題は、その下手人の侵入経路だ。

真崎屋は、さすがに金貸しだけあって、用心がいい。塀には忍び返しを備え、裏木戸の鍵も毎晩、番頭の太平と手代が二人で確認してから掛ける。その鍵は粂造が調べるまで掛けられたままで、塀にも乗り越えた痕跡がないのだ。

「外から入った奴がいないということは、つまり、下手人は家の中の者ということになるが」

「そんなことは絶対に……」

大声で叫びそうになった伊之助は、周囲を見回して、あわてて声を落とした。

「絶対にありません。第一、殺す理由がありませんよ。兄さんは、奉公人たちの恨みをかうような人じゃない」

「奉公人の恨みはかわないが、弟の恨みはかった——と粂造という岡っ引は考えているのだな」

「兄さんを恨むなんて……先ほども申し上げました通り、わたくしには真崎屋の主人になりたいとか、財産を独り占めにしたいとかいう気持ちは、これっぽっちもなかったのですから」

「あんたになくても、三男の鶴吉にはあるんじゃないか」

「ああ、鶴吉ですか」

伊之助の顔に、苦笑のようなものが浮かんだ。

「残念ながら……いえ、その、鶴吉だけは疑いをかけられておりません。なぜかと申しますと、兄さんが殺された晩には店におらず、朝帰りしたからです」

「女かね」

「博奕(ばくち)です。松浦(まつうら)様のお屋敷の賭場(とば)で一晩中、遊んでいたそうで。粂造親分が調べましたが、大勢の証人がいたそうです」

三男の鶴吉は、吉兵衛が町人の身分になってから生まれて、末っ子で甘やかされたせいか、道楽者だという。店の商売には見向きもせずに、少しばかり男前なのを武器に、あちこちの女を誑かし、博奕の資金を得ているのだそうだ。

　本来なら、最も疑わしい容疑者のはずだが、大名家の下屋敷の賭場で夜通し遊んでいたというのだから、店で寝ていた長兄を殺すことは不可能だ。

　皮肉なことに、その時の博奕の金を鶴吉に与えたのは、父親の吉兵衛だという。

　鶴吉が根岸の寮に見舞いに行ったら、吉兵衛は、それがよほど嬉しかったのか、普段は口うるさく説教しているくせに、「お前も若いのだから気晴らしも必要だろう。これで遊んできなさい」と言って、十両を渡したのだそうだ。

　一晩中賭場にいたことが確かでも、鶴吉が財産狙いに、博奕仲間に長兄殺しを依頼したという可能性もあろう。が、前にも述べた通り、外部から下手人が侵入した形跡がないのである。

「ふうむ……確かに、あんたの立場は不利だ。しかし、よくお縄にならなかったな」

「井戸の中まで浚いましたが、凶器が見つからないし、返り血がついているはずの着物もありません。証拠が一つもないので、さすがの粂造親分も、わたくしを縛ることはできないようです」

　右近が酌をしてやると、頭を下げた伊之助は、それを半分ほど飲んでから、

「ですが、このまま下手人が判明しなければ、わたくしへの疑いは濃くなるばかりで

す。それに、簪の一件もありますし……」

「簪？　何のことだ」

「言い忘れました。千代次郎兄さんの脇に、簪が落ちていたんです。珊瑚玉の平凡な簪ですが、それは、うちの蔵にあったものでした」

去年の年末に、真崎屋の厳しい取り立てを受けた小間物屋の甚三郎という男が、家の中で首を括って自殺した。

吉兵衛は、貸した五両の代わりに、甚三郎の商売品を残らずいただいた。廻り商いの小間物屋だから値の張る商品はなかったが、何とか元金分は回収できたという。

その商品は、蔵の中に納められていたのだが、千代次郎の死体のそばに落ちていたのは、間違いなく甚三郎の商品だった。

それで、粂造の立ち会いで蔵を調べてみると、甚三郎の小間物の内、簪だけが四本、なくなっていたのである。

「それで、蔵へ入れるのは誰だね」

「父と番頭の太平が一本ずつ鍵を持っていました。それと……」

伊之助は、呟くような声で言った。

「予備の一本を、わたくしが持ってまして」

5

翌日の午後——秋草右近は、自宅の縁側でお蝶の膝枕（ひざまくら）に頭を預け、耳の掃除をしてもらっていた。

真崎屋の伊之助からは手付け金の十両を貰い、千代次郎殺しの下手人を捜し出す約束をしている。成功報酬は、手付けとは別に二十両だ。

三万両相当の身代と己（おの）れの命がかかっているのに、その対価がたったの三十両か——と嫌味の一つも言おうかと思ったが、人生の崖（がけ）っぷちに立っている相手だから、可哀相なのでやめた。

これから一緒に森田町の真崎屋まで来て、殺しの現場を見てくれ——と伊之助に頼まれたが、とりあえず一晩考えさせてくれと言って、それは断った。

伊之助の説明を聞いただけでは、事件の全貌はわからない。そもそも、伊之助が本当に無実かどうかも、まだ、わからないのだ。

だから、伊之助と別れたその足で、右近は相生町にある岡っ引・左平次の家を訪ねた。そして、伊之助の依頼のことを話し、手付けの十両の内の五両を渡して、真崎屋の内情を探るように頼んだのである。

で、こうして呑気にお蝶に耳掃除をして貰いながら、左平次の報告を待っている右近であった。

「——お蝶、どうした」

「え……」

耳かきを使う手を止めて、お蝶は右近の四角い顔を覗きこんだ。

「昨日から、お前、少し様子が変だぞ。軀の具合でも悪いのか」

自分の耳の孔をさぐる耳かきの動きから、お蝶の心が穏やかでないのを感じた右近である。

「厭だわ、旦那。女は殿方と違って、色々あるんですよ。心配かけて、ごめんなさい」

お蝶が明るすぎるほど明るい声で、そう言うと、

「そうか。ならば良いが」

右近は再び目を閉じて、頭の位置を直した。その時、玄関の方から、

「旦那、旦那っ、大変ですっ」

左平次のけたたましい声が響いた。

「こっちだ、親分。上がってくれ」

身を起こしながら右近がそう言うと、走ってきたらしく汗まみれの左平次が居間へやって来て、

「えらい事になりました」

「落ち着け。どうしたというのだ」

「伊之助が殺されましたよ」

「何だとっ⁉」

さすがの右近も、これには驚かされた。

「また、吉兵衛の部屋でか」

「いえ、違います……お、すまねえ、姐御（あねご）」

左平次は、お蝶が持ってきた湯呑みの水を、一息に飲み干して、

「真砂町（まさご）の三島明神、あそこの裏手に雑木林がありますよね。そこで伊之助の死骸が見つかりました。しかも、胸の上に、また簪が置かれていたんです。何でも、福川町（ふくかわ）の方に客がいて、伊之助は利息の集金に行ってたそうで」

「刺し殺されたのか」

「いいえ、絞め殺されてたそうです。あっしも、まだホトケを見ちゃいません。旦那を迎えに来ましたんで」

「わかった、行こう」

立ち上がった右近は、床の間の大小を腰に落とした。お蝶の渡した財布を懐に入れると、身繕い（みづくろ）して玄関へ行き、草履を引っかける。

「旦那、気をつけてね」

「おう」

背中で返事をした右近は、玄関から一歩出たところで振り向いて、

「お蝶」

「はい？」

「心配するな。俺が帰ってくるところは、ここしかないからな」

「旦那……」

瞳を潤ませたお蝶が、袂の端で目元を隠す。

「行ってくるぜ」

そう言い捨てて、右近は通りへ出た。あとから来た左平次が、

「何かあったんですか」

「さあな、俺にもわからん。ただ……」

右近は少し考えてから、

「お蝶の奴……ひょっとして、八重に会ったんじゃないかな」

「そんな馬鹿なっ」左平次が仰天する。

「だって、姐御は八重様の顔を知らないでしょう。いや、あっしも存じませんが」

「だが、近藤屋敷の場所は教えた」

「あ……なるほど。屋敷の前で見張っていれば……でも、姐御は悋気を起こしているようには見えませんでしたよ」

「その逆もあるだろう」

右近は溜息をついた。

「馬鹿な奴だ。俺は、八重に二度と会わぬと決めているのに……」

「……」

左平次は、何と言っていいのか、わからない。

できることなら、八重と駆け落ちしたいはずの右近なのだ。だが、そんな行動が決して八重を幸せにしないとわかっているからこそ、右近は、じっと耐えているのである。

6

「歩きながら真崎屋の話を聞こうか、親分」

気持ちを切り替えて、右近は言う。

「へい。金貸しにありがちなことですが、真崎屋を恨んでいる者は、十人や二十人じゃおさまりません」

「客が高利貸しに感謝するのは、金を借りたその時だけだからな」

「そういうことです。酔っぱらって、真崎屋吉兵衛を殺してやる——と吠えた奴も、何人かいます。しかし、長男の千代次郎も次男の伊之助も、父親ほどは憎まれていません。吉兵衛は、取り立てのやり方が手ぬるいと、いつも二人を叱っていたそうですが……」

千代次郎と三男の鶴吉は母親似の美男子、伊之助が野暮ったい顔つきなのは、父親似なのだという。鶴吉が全く店の仕事を手伝わないので、取り立ては千代次郎と伊之助、そして番頭の太平が手分けして行っていたそうだ。

下の弟と違って、千代次郎は女遊びをすることもなく、酒好きなのを除けば、しごく出来の良い総領息子だった。仕事以外のことで殺されるほどの恨みをかう可能性は、ほとんどない。

次男の伊之助は、兄よりもさらに地味な性格で、酒も女も煙草(たばこ)も博奕も何もやらない。真面目で堅いだけの男で——本人が言ったとおり——主人の座を狙っていたとは思えないという。

末っ子の鶴吉は、もしも真崎屋の当主になったならば、一年とたたずに財産を喰い潰(つぶ)してしまうだろうといわれている遊蕩児(ゆうとうじ)。吉兵衛が、金で揉(も)め事(ごと)の後始末をしたことも、一度や二度ではないそうだ。

「だから、誰が考えても、家の中で千代次郎を殺しそうな奴は、鶴吉しかいないんですがねえ」

「だが、千代次郎が殺された時には、鶴吉は大名屋敷の賭場にいたという動かぬ証言がある」

これが一人や二人の証言なら、金で買収されたと考えることもできるが、二十人以上もの者が鶴吉は賭場にいたと明言しているのだから、鉄壁の不在証明(アリバイ)だ。

それに、仮に鶴吉が賭場を抜け出して実兄殺しをやらかしたとしても、どうやって密室のような現場から逃げたのかが、わからない。

近所の傘屋の下女が、千代次郎が殺される二、三日前の夕刻、一人の武士が通りの向かい側から真崎屋の店先をじっと見ていた——と証言しているが、

「下女に見られているのに気づいたら、そのお武家は、そそくさと立ち去ったそうです」

「金を借りに来たが、人目があったので格好が悪くなったのかな」

「そんなところでしょう。当節、お武家も暮らし向きに困っている人は大勢いますからねえ。だからと言って、金貸しの家に入るのを見られちゃあ、沽券(こけん)てやつにかかわる。どっちにしろ、事件には関係なさそうです」

「吉兵衛に隠し子、それも男の子でもいるんじゃないか」

「それが、死んだ女房によほど惚れていたのか、女の話は全く出ません。吉原にも岡場所にも行かず、女中に手を付けたこともないようです。確かに、男の隠し子がいて、そいつが腹違いの兄貴たちを一人ずつ殺していくというのは、ありそうな話ですが……」

互いの推理をぶつけあっているうちに、右近たちは三島明神に到着した。左平次が、雑木林の前にいた粂造の乾分(こぶん)に訊(き)くと、伊之助の死体は自身番へ運んだという。死体の発見された現場を調べてから、二人は自身番へ向かった。

「おう、相生町の親分か」

自身番の戸を開けると、中にいた狐(きつね)のように尖(とが)った顔つきの男が、左平次に笑いかける。同業の岡っ引、北国の粂造だ。左平次は、右近を粂造に紹介して、彼が伊之助に下手人探しを依頼されていたことを話した。

「秋草の旦那。下手人がわかるものなら、是非、あっしにも教えておくんなさい」

皮肉ではなく、粂造が言う。

「あっしは、てっきり、このホトケが下手人だと思ってましたよ。それが、誰かに殺されるとは……何が何だかわからなくなった」

「とにかく、ホトケを見せて貰うよ」

土間に寝かせてある死体に掛けてあった筵(むしろ)を剥(は)ぐと、右近と左平次は、じっくりと観察する。

　死因は絞殺、それも背後から紐か何かを首に巻きつけて、力いっぱい絞め殺したのだ。殺されたのは、一刻――二時間ほど前らしい。鬢の辺りに白い粉が付着している。

「これは漆喰ですね」と左平次。

「近くで土蔵の壁の塗り替えをやっていましたから、その粉でしょう」

「うむ。親分、簪というのは」

「これです」

　手拭いに包んでいた簪を、粂造は右近に差し出す。平凡な銀簪であった。

「これも、甚三郎の簪かな」

「たぶん。番頭の太平が来れば、はっきりするでしょう」

　右近は簪を粂造に返して、伊之助の死に顔に手を合わせてから、小盥の湯で手を洗いつつ、

「伊之助が、わざわざ、あんな林の中に入って行ったのは、誰かに呼び出されたからだろう。そして、油断して、後ろから絞め殺されたのは、その呼び出した奴が顔見知りだからに違いない」

　さっきから隅に座っている若い男の方を見て、

「どう思うね、お前さん」

「お、俺じゃありませんよっ」

あわてて否定したのは、真崎屋の三男坊、鶴吉であった。

身幅の狭い女物の小袖を着て、毛抜きで眉を細く整えている。あちこちの女にたかって遊び暮らしている、立派なろくでなしの姿だった。

「俺、二日酔いで頭が痛いから、朝からずっと店で寝てたんだ。粂造親分の使いにここへ呼ばれるまで、ずっと店にいたんだから」

それは本当らしい――と粂造が言い添える。店の者に、ちゃんと裏をとったのだ。朝から森田町の店にいて一歩も外に出ない人間が、十町も離れた三島明神の裏手で殺しをやれるわけがない……。

「どこで飲んだのかね。女のところか」

左平次が訊くと、鶴吉は手を振って、

「いえ、親父（おやじ）のところです。骨折して気が弱くなったのか、親父は、ずいぶんと俺に甘くなって」

この前、小遣いをもらったのに味をしめ、鶴吉は見舞いと称して昨日の夕方、根岸の寮へ行った。

そこで、小遣いこそ貰えなかったが、吉兵衛は仕出し屋の料理をとって、歓待してくれた。たらふく飲んで泥酔（でいすい）した鶴吉は、駕籠（かご）で送られたのだという。

「二人の兄がいなくなったのだから、真崎屋の跡継(あとつぎ)はお前さんに決定だな」

「俺、商売なんて好きじゃねえし……店のことは太平に任せますよ」

「それで自分は毎日遊んで暮らすのかね。三万両の身代は、さぞかし使いでがあるだろうよ」

左平次が皮肉たっぷりに言うと、鶴吉は無言でそっぽを向いた。粂造が真剣な顔つきで、

「秋草の旦那。下手人は？」

「はて……俺にも見当がつかん」右近は自嘲(じちょう)して、

「さしずめ、簪の呪(のろ)いというところかな」

7

自身番を出た秋草右近は、左平次と一緒に森田町の真崎屋へ行くと、奥の吉兵衛の部屋を見せて貰った。

畳が真新しいのは、以前の畳が千代次郎の血で汚れたので取り替えたのだろう。その部屋の縁側から庭下駄を引っかけて庭へ下りると、裏木戸と蔵を調べる。

そして、庭を一周して、勝手口から店の中へ入り、もう一度、吉兵衛の部屋へ戻っ

た。

「親分、ちょっと廊下を見張っていてくれ。誰も来ないようにな」

「わかりました」

左平次が廊下へ出て睨みをきかせていると、床の間の辺りを調べていた右近が、

「よし、ここはもういいぞ」

「何かわかりましたか」

「根岸へ行こう」

「根岸……吉兵衛がいる寮ですか」

「そうだ。場所を訊いてきてくれ」

女中のお島に寮の詳しい場所を尋ねてから、右近たちは通りへ出た。

「親分、下手人が消えた理由はわかったよ」

歩きながら、右近がぼそりと言う。

「本当ですかっ」

「うむ、簡単な話さ。床の間の掛け軸の後ろの壁が、どんでん返しになってるんだ。たぶん、そこから店の外に抜けられるようになっているんだろう。店の者が下手人に内通していると困るから、抜け道の中へ入って調べはしなかったがな」

「ど、どうして、そんな仕掛けが……？」

「吉兵衛は用心深い性格のようだから、盗人や逆恨みした客が店に侵入した時のために、そういう抜け道を大工に造らせたんじゃないかな」

「すると、鶴吉は、その抜け道を通って、兄の千代次郎を刺し殺したんですね。あ、いや……鶴吉は賭場から動けないから、奴に頼まれた博奕仲間かな。畜生め、ふざけやがって」

　やたらと興奮した左平次は、ふと気づいて、

「でも、おかしいですね。吉兵衛は、どうして抜け道の件を粂造に教えなかったんでしょう」

「その理由を、吉兵衛に訊きに行くのさ」

　真崎屋の寮は、円光寺の近くにあった。田畑に囲まれた、思ったよりも小さな家である。

　庭の梅の木が、黒板塀越しに細い枝を道へ伸ばしている。その家の前に、編笠を被った羽織袴姿の武士がいるのが見えた。

「――親分」

　真崎屋の寮から八、九間ほど手前で、右近が低く囁くと、

「へい」

　短く応えた左平次が、急に下卑た調子で、

「ですから、旦那。その妓の具合の良いことと言ったら、ひっひっひっ」

「いい加減にせんか。俺は、谷中に用事があるのだ」

「そうですかい。じゃ、あっしはこれで。ごめんなすって」

左平次が、竹林の中へ続く小道に入ってゆく。

右近は、寮の前を通り過ぎる時に、編笠の武士に軽く会釈をした。その初老の武士も、編笠の端をつかむと、無言で会釈する。

すれ違って、二間ほど行ってから、右近は急に振り向いた。

「率爾ながら、お尋ねしたい。貴殿は、真崎屋吉兵衛に何か御用ですかな。以前にも、森田町の真崎屋の店先を窺っていたそうだが……」

最後まで聞かずに、その武士は右近に背を向けて逃げ出した。が、竹林の中に潜んでいた左平次が、その行く手に飛び出して来て、十手を構えて立ち塞がる。

立ち止まった武士は、左平次と近づいてくる右近を見て、

「ぶ、無礼者っ」

いきなり大刀を抜いた。が、それをまともに構える間もなく、右近の右手が閃くと、鍔元から折れて刀身が吹っ飛ぶ。

「あ……」

信じられぬというように柄だけになった大刀を見て、武士は立ち竦んだ。

鉄刀（てつがたな）を鞘に納めた右近が、

「聞かせてもらおうかね、真崎屋との関わりを」

そう問いかけると、その初老の武士は、力なく地面へへたりこんでしまう……。

右近と左平次が真崎屋の寮の玄関に立ったのは、それから一刻ほどしてからであった。

玄関で声をかけると、老いた小柄な下女が出てきて、吉兵衛の寝間へ二人を案内する。

「こんな格好で失礼します。わたくしが真崎屋吉兵衛でございます」

床柱にもたれかかり、膏薬（こうやく）紙を貼り副木（そえぎ）をした左足を伸ばしたままで、吉兵衛が挨拶（あいさつ）する。

髪は胡麻塩になっているが、まだまだ頑丈そうな体躯（たいく）だ。岩に目鼻をつけたような武骨な顔立ちに、武士の名残がある。その髷（まげ）に白い粉がついていた。

「伊之助さんのことはお気の毒でした。お悔やみ申し上げます。こちらの秋草様は、その伊之助さんに頼まれて、下手人を捜していらっしゃる御方で。お辛いとは思いますが、旦那、話を聞かせちゃいただけませんか」

「なんなりとお聞き下さい。そして、一日も早く倅（せがれ）どもの仇敵（かたき）を討ってくださいまし」

吉兵衛は、弱々しく目頭を押さえた。

「うむ、安心しなさい」右近は重々しく頷（うなず）いて、

「実は、もう下手人の目星はついておるのだ」

「本当でございますか、秋草様」

啞然とした顔で、吉兵衛は言う。

「本当さ。ほら、そこの庭先で立ち聞きしてる奴だ」

「えっ？」

仰天した吉兵衛が、庭の方を見る。その瞬間、右近が襟の内側に差していた爪楊枝（つまようじ）を引き抜いて、吉兵衛の左足の親指に突き立てた。

「わっ、何をする！」

とっさに立ち上がった吉兵衛は、右近を睨みつけた。が、すぐに自分が両足で普通に立っているのに気づいて、狼狽（ろうばい）する。

「真崎屋……やっぱり、足の骨折は嘘かっ」

左平次が十手を抜き出すよりも早く、吉兵衛は懐から匕首を抜いた。そして、物凄（ものすご）い形相で、

「死ねっ！」

右近に襲いかかる。が、右近は座ったままで、吉兵衛の右手首をつかみ、関節の逆をとって庭へ放り投げた。

地べたにしたたかに腰を打ちつけた吉兵衛は、逃げることもできず、唸り声を上げる。

「親分、息子殺しを、お縄にしてくれ」

右近が静かに言う。廊下の奥では、下女が腰を抜かしていた。

8

「それにしても、父親が息子を二人まで殺すなんて……どんな理由があったの」

その夜——夜具に寝そべった右近の腰を揉みながら、肌襦袢姿のお蝶が訊く。

「うむ。一ヶ月ほど前に、吉兵衛は、高崎藩江戸屋敷詰めの家臣で中島市之助という者と浅草寺の境内で出会った。それが悲劇の始まりさ」

六歳年下の市之助は、吉兵衛が高崎藩士だった頃の碁仇敵で、数少ない友人の一人だった。二十年ぶりの再会である。大小を捨てて高利貸しになって以来、武家時代の人間関係は一切断っていた吉兵衛であったが、市之助に会ったことは嬉しかった。

二人は馬道の料理茶屋の二階に上がり、下戸同士ゆえ、たった二本の銚子を舐めるように少しずつ飲みながら、思い出話に花を咲かせた。一刻ほどしてから、吉兵衛よりも酒に弱い市之助が、顔を真っ赤にして、

「わしも、年のせいか、足腰が衰えてのう。そろそろ隠居して、息子に跡を継がせるつもりだ」

「何を言う。年上のわしが、倅どもに負けずに、まだまだ頑張っているというのに。しっかりせい」

吉兵衛は笑って、友を励ました。

「それは、お主は千代次郎に身代を譲れぬだろう。何しろ……」

そこで、市之助は、はっとして口を閉ざしてしまう。その様子に不審を抱いた吉兵衛は、何を言いかけたのか、厳しく問いただした。根負けした市之助は、

「わかった、わかった。話す。話すから、ここだけの事にしてくれ」

実は、千代次郎殿はお主の胤ではない――と市之助は言った。吉兵衛は、首の後ろから己れの魂が抜け落ちるような感じがした。

当時の吉兵衛の上司――高崎藩勘定奉行は大久保内膳。この上司に疎まれていて、陣屋の帳簿調べなどの出張は、必ず彼だけが押しつけられていた。浪人したのも、大久保内膳のいびりに耐えきれなくなったからである。しかし、出張が多かったのは、内膳が高崎一の美女といわれた吉兵衛の妻・多加と密会するためであったと、市之助は証言した。

「こうなれば、みんな言ってしまうが、千代次郎殿だけではない。次男の伊之助殿も、

大久保様の胤だ」

「いくら不義をしていたとはいえ、どうして、そんなことがわかる。わしの子かも知れんではないかっ」

「多加殿は、老練な産婆に頼んで、二度とも、出産の時期を早めてもらっていたのだ。お主の出張の時期に身籠もったことを、誤魔化すためにな。なぜ、わしがそれを知っているかというと、わしの姪が一時期、大久保様の妾であった。その姪に、酒に酔った大久保様が自慢げに、内田吉右衛門は俺の胤を後生大事に育てている——と言って笑ったそうな。だが、その大久保様も、七年前に卒中で亡くなっている。多加殿も、すでにこの世の人ではない。すべては過ぎたことだ。吉右衛門殿、忘れるのだ。忘れた方が良い。わかるな」

　中島市之助が帰った後、座敷に一人残った吉兵衛は、酔いもさめ果てて、考えこんだ。

　たしかに、思い当たる節は幾つもある。伊之助は母親の美貌は受け継がず、父親似といわれてきたが、よくよく考えてみると、目鼻立ちが大久保内膳に似ている。

（わしの一生は、何だったのか。亡き妻に謀られ、今少しで姦夫の胤に身代を渡すはずだったとは……）

　生かしてはおけぬ——吉兵衛は憤怒に燃えた。鬼になった。復讐の対象である大久保内膳と多加は、すでに墓の下だ。とすれば、残っている千代次郎と伊之助を殺すしかない。そうすれば、真崎屋の財産は、自分の本当の胤である鶴吉に譲ることができる……。

「それで、吉兵衛は、骨接ぎの医者に金をやって左足を骨折したことにしたのさ」

「根岸の寮で療養してるふりをして、夜中に森田町へ行き、抜け道から自分の部屋へ入って、寝ている千代次郎を刺し殺したのね」

「そうだ。伊之助の時は、今日、福川町に集金に来ることはわかっていたから、道で遊んでいた子供に駄賃をやって、伊之助に結び文を渡させた。そして、父親の呼び出しに驚いて雑木林の中へやって来た伊之助を、背後から絞め殺したんだ。それから、懐の結び文を取り返して、こっそり根岸へ戻ったのさ。無論、下女の婆さんにも金をつかませていた。ひょっとしたら、骨接ぎ医者と婆さんも、後で口ふさぎに始末するつもりだったんじゃないかな。二つの殺しで、ご丁寧(ていねい)にも鶴吉に嫌疑がかからないように、お膳立てしてした。それと、甚三郎の簪は、町方(まちかた)の探索を混乱させるための細工さ。

よくも、綿密に仕掛けたものだ」

「本当に救いのない厭(いや)な話ねえ」

「中島市之助の方は、酔って真相を喋ってはみたものの、後味が悪い。それで、何となく気になって、真崎屋を窺っていたのだな。そして、真崎屋の長男が殺されたと聞いて、仰天した。それで、自分に火の粉がふりかかってはたまらんと、吉兵衛に口止めするために、根岸の寮を訪ねた。そこへ俺と親分が行き合わせたというわけだ。次男までも殺されたと聞いた市之助先生、とにかく穏便に、穏便に——とそればかり繰り返してたよ」

右近は煙草を一服つけて、

「寝ていて何も知らずに死んだ千代次郎も可哀相だが、父親と信じている相手に首を絞められた伊之助の、その時の気持ちを思うと……哀れだな。不憫でたまらんよ」

理由もなく実子や養子を殺した者は、遠島になる。だが、その子が他人の胤だった場合は、どうなるのか。中島市之助も、大久保内膳のことは証言しないだろうし、そもそも高崎藩が市之助を表に出すまい。

「吉兵衛が死罪にはならないことだけは確かだ。確かだが……今にきっと、死罪になった方がましだったと思うだろうよ」

「死罪の方が……？」

「女房に裏切られたと知って、吉兵衛は鬼になった。だが、そのうちに、気持ちが落ち着いてきたら、自分がどんな酷いことをしたのか気づくだろう。血が繋がっていなくても、生まれた時から抱いて、可愛がり、叱り、這ったといっては喜び、熱を出したといっては案じて育ててきた息子たちだ。浮気をした女房に罪はあっても、息子たちには罪はない。その二人の息子を、己が手で殺したのだ」

「………」

「吉兵衛が、これから何年生きるのか、それはわからん。だが、息子たちを殺した時の記憶を片時も忘れることなく、日々、過ごしていかねばならんのだ。地獄だろうよ。自分の命が尽きるその日まで、永すぎる地獄が続くのだ。恐ろしいことだよ」

そして、真崎屋の財産はお上の没収にならなかったとしても、本当の息子の鶴吉が食い潰してしまうだろう。

「俺だったら……」

「え？」

「たとえ、新之介が俺の子でなくとも、とても殺したりはできぬ。あいつのために死ぬことなら、容易いが」

あたしのためなら……と問いかけそうになって、お蝶は口をつぐんだ。

今、こんな風に右近と一緒に暮らせるだけで、自分は十分に幸せなのだ。これ以上の幸せを望んだら、八重様に申し訳ない……。

思わずこぼした熱い涙が、右近の首筋に落ちた。

「お蝶……」

煙管を煙草盆に戻した右近は、お蝶を引き寄せると、目の縁に浮かんでいる涙の粒を吸ってやる。

「伊之助から後金は貰い損ねたが、まだ五両ある。簪でも買ってやろうか」

「ううん、いいわ」

お蝶は、右近の分厚い胸に頬を埋めて、

「簪よりも大事なものを、もう貰っているもの」

そう呟くと、愛しい男の匂いを胸いっぱいに吸いこみ、満足げに吐息をもらした。

男たちの掟

1

雨が降っている。風が強い。

陰暦五月の末は梅雨明けの時期だが、その日は朝から霧のような雨が降って火鉢が恋しくなるほど冷えこみ、夜更けになると本降りに変わった。そして、強い風も吹き出し、嵐のような有様となった。

常盤橋門外の本町一丁目にある広さ三千坪以上の金座の建物も、風雨の底に黒々と沈んでいる。

子の上刻——午後十一時すぎ、本町通りに面した表門の左脇の潜り戸を、ほとほとと叩いた者があった。

「誰だい、今自分に」

蕎麦屋や提重にしても時間が遅すぎると思いながら、門番が眠い目をこすりつつ物見窓から外を見ると、捕物支度の大柄な武士が闇の中に立っていた。

「火附盗賊改方与力、長田源助である。役儀により、夜中、参った。潜り戸を開けい」

陣笠の下の双眸を白く光らせた武士は、低いがよく通る声で命ずる。

「か、火盗改……はいっ、只今っ」

門番は眠気も吹き飛んで、小屋を飛び出した。

江戸の治安は、基本的には老中支配の南北町奉行所によって守られている。

だが、徳川家綱が四代将軍であった寛文五年に、先手組頭の水野小左衛門守正が盗賊改方を兼任したのを始まりとして、放火・盗賊・博奕などを強引ともいえる手法で取り締まる特別機動警察隊が設置され、十一代将軍の今の世でも活躍していた。

これが、火附盗賊改方である。

これはと目を付けた者は、証拠のあるなしに拘らず、町人は勿論のこと、御家人や神官寺僧までもその場で捕縛するという強引さで、その取り調べは過酷そのもの、火盗改と聞いて恐れぬ者はなかった。

「お、お待たせいたしました……どのような御用でございましょうか」

潜り戸を開いた門番は、長田源助の背後に十数人の同心や捕方たちが風雨に打たれているのを見て、さらに肝を潰した。

「宿直の責任者を呼べ。急いでの」

「は、はいっ」

　門番は、平役詰所に走った。平役詰所で眠気覚ましに将棋を指していた不寝番の一人は、すぐに年寄役詰所に飛びこんだ。

「わたくしが宿直人首席で当家用人の阿部権太夫でございます。夜分、お役目ご苦労に存じます。なれど――」

　髪に白いものが混じった権太夫は、すでに敷地内に入っている長田与力と同心たちを見て、かっとなった。

「御一同、我らの許しもなく入られたるは、非礼でございましょう。ここを何処と心得られますか。勘定奉行様御支配の金座でございますぞ。御用があらば、まず火附盗賊改方長官から若年寄様へ、それから御老中、勘定奉行様を通して、金座長官たる我が主人にお達しあるべき」

　金座は、徳川幕府の小判鋳造所である。江戸に幕府を開いた徳川家康が、京の金工・後藤徳乗の娘婿である後藤庄三郎を江戸に呼び寄せて、その子孫が代々、金座役人を勤めた。

　現在の金座長官は、十一代目後藤庄三郎光包である。

　元禄十一年には金座は現在の場所に移り、小判と一分金を鋳造している。この敷地の中には、事務所である金局、工場である吹所、そして官舎である金改役住所が置かれていた。金改役住所の裏手には御用蔵がある。

出来上がった小判は百両ずつ紙封されて、千両箱に詰められ、この御用蔵に納められるのだ。

このような場所だから、通常、門鑑を持たぬ者は出入りできない。

「お怒りは重々ごもっとも。非礼はお詫びいたす」

長田源助は頭を下げてから、

「なれど、これには深い事情が……」

阿部権太夫の耳に何事か囁くと、宿直人首席の顔から血の気が失せた。

「それは……し、しばらく、お待ちを」

阿部老人は、あたふたと役宅へ駆けこんだ。すぐに、長田と二人の同心が役宅内の座敷に迎え入れられる。

白い寝間着姿の後藤庄三郎は、挨拶もそこそこに、

「権太夫の申したことは、まことでございますか。当家の下男、左吉が盗賊の手先とは」

「無論、確かな密告がありました。呼んでいただけましたかな」

「はい、こちらに」

権太夫が、丸顔の下男の襟首をつかんで廊下に這い蹲らせた。

「御用人様、何でございますか、一体」

　下男の左吉は、権太夫や庄三郎、そして長田源助たちの顔を見回し、混乱の表情でおののいている。

「左吉、正直に申せ」と後藤庄三郎。

「貴様、盗賊の一味を手引きして、今宵、この金座を襲わせるというのは、本当か」

「はあ？　お、俺は知りませんです」

「手ぬるいっ」

　源助が、腰の脇差を抜き放って、前に進み出た。自然と、庄三郎が、源助の背後に位置する形になる。

「素直に白状せねば、斬る。盗賊どもは、何時に来るのだ。人数はどれほどだ。合図は何だ。申せっ」

　震える左吉の眼前に、脇差の切っ先を突きつけた。

「知らねえです、助けて……」

　左吉が両手を合わせて長田源助を拝むと、その脇差が、ひゅっと跳ね上がった。

「ひ……？」

　阿部権太夫が、信じられぬという顔つきになる。

　その皺首が、ぱっくりと口を開いて、這い蹲っている左吉の頭の上に、血の驟雨が降りそそいだ。左吉は白目をむいて、気を失う。

「何を……っ⁉」

驚愕（きょうがく）した後藤庄三郎の首に、彼の背後にいた小柄な〈同心〉が、静かに脇差を押し当てる。

「さて。御用蔵の鍵を開けて貰（もら）おうか――」

2

「やれやれ……今日も良い天気だなァ」

すでに、かなり高くなった陽（ひ）をまぶしそうに仰ぎながら、秋草右近は溜息をついた。

真夏の陽射しは江戸の街の隅々にまでに容赦なく降りそそぎ、小日向台の南、妙足院（みょうそくいん）と智願寺（ちがんじ）の間にある大日坂（だいにちざか）を下ってゆく右近の足元には、墨（すみ）で描いたように濃い影がまとわりついている。

八日ほど前の雨と冷えこみが嘘のような、上天気であった。貸本屋の男が、縦長の風呂敷包みを背負って、汗を垂らしながら坂を上ってゆく。

（お蝶の奴、家で待っているだろう――）

そう思うと、ますます足取りが重くなる右近であった。足取りとは逆に、懐（ふところ）の方は軽い。小銭が何枚かあるくらいで、ほとんど螻蛄である。

　これでも、小石川の下屋敷の中間部屋へ入った時には、右近は大枚三両という軍資金を持っていたし、一時は四十両ほど勝ったのである。ところが丑の上刻あたりから雲行きが怪しくなり、焦れば焦るほど負け続けて、夜が明けるころには中間部屋の隅で不貞寝するはめになった。

　中間頭は「右近の旦那なら、元手をお貸ししてもいいですぜ」と言ってくれたが、そいつは丁重にお断りした。つきが落ちている状態で、胴元に金を借りてまで博奕をしても、勝てる見込みはない。

　天下御免の素浪人・秋草右近も、このところ萬揉め事解決屋の方が開店休業状態で、収入が途絶えているのだ。

　右近に惚れきっているお蝶は、金のことは一言も口にせず、毎日、夕餉に一本つけてくれるが、以前に身につけていた簪や帯や着物を、段々と見かけなくなっている。黙って質屋通いまでしているお蝶のために、何とか三両工面しての大勝負だったのだが、結果は凶と出たようだ。

（こうなったら、左平次親分の話に乗るしかないか）

　相生町に住む岡っ引・左平次の話というのは、日本橋の乾物問屋の用心棒であった。

「ほれ、この間の金座の大事件、金座長官の後藤様から宿直の役人衆まで皆殺しになって、新品の小判で一万二千両という大金が奪われた事件があってから、三河屋の旦那は夜もおちおち眠れない始末で。腕の立つお侍を紹介してくれと頼まれましてね。あっしの識る限り、この江戸八百八町で最も腕の立つお侍といえば、右近の旦那をおいて他にはありません。どうでしょう。一月か二月、夜だけ三河屋に泊まりこんじゃいただけませんか。あちらは、一晩で一両ずつの日当、もしも盗賊を撃退してくれたら、五十両の礼金を出すと言ってるんですが――」

その依頼を右近が断ったのは、金額に不足があったからではない。

揉め事の解決を引き受けるという立場ならば、その事情によっては依頼者の側の非を指摘して、弱い者正しい者を守ってやることもできる。しかし、大店の用心棒になれば、いくら盗賊避けという名目でも、いつしか身も心も本当の番犬になってしまう可能性がある。右近は、それを恐れたのであった。

(浪人はしていても、いや、浪人だからこそ、金で魂は売らぬ――そんな心積もりでいたが、お蝶一人に生活費の工面をさせて、魂を売らぬも何もないもんだな)

右近は手拭いに額の汗を吸わせると、

(背に腹は替えられん……なるか、三河屋の用心棒に)

そう決めた瞬間、いきなり、横の路地から飛び出して来た奴が、

「おっとっと」

右近の巨体にぶち当たりそうになって、たたらを踏んだ。右近は、ふわりと柔らかな動きでそいつをかわして、

「どうした、女房でも産気づいたか」

文句を言う代わりに、軽口を叩く。用心棒に身売りすると決心した直後なので、気が楽になっていたのだろう。

「お、お侍様、助けておくんなさいっ」

右近に両手を合わせたのは、四十がらみの小男で、いやに頭の鉢が大きく貧相な顔つきをしている。素袷(すあわせ)の裾を尻端折り(しりはしょ)にした姿は、どうも堅気とは思えぬ。

「揉め事か」

「へい、悪い奴らに追われております。捕まったら、殺されてしまいますっ」

「それは穏やかではないな」

右近がそこまで言った時、路地の奥から三人の男が飛び出して来た。小男は、あわてて右近の背後に隠れる。

「いやがったぞっ」

「野郎、もう逃がさねえっ」

三人とも三十前後だろう。いやに目つきが鋭い。

「ご浪人さん、ちょいと退(の)いておくんなさい」

「うむ。退いても良い。退いても良いが、お前さんたちが血相変えてこの男を追いかけてきた、その理由を教えてくれんか」

右近が、なるべく静かな口調で言うと、

「おめえさんにゃあ関わりのねえことさっ」

「それはそうだろうが、窮鳥懐に入らば猟師もこれを撃たずとか申して……」

「うるせえっ」

真ん中の奴が匕首（あいくち）を抜いて、突きかかって来た。深く突き刺さるように柄頭（つかがしら）に左の掌（てのひら）をあてがっているから、脅しのためではなく、真正の殺意がこもっている。

それと見た右近は、

「ちっ」

舌打ちをして、男の頬桁（ほおげた）に強烈な平手打ちをお見舞いした。

暴れ馬に体当たりされたみたいに、そいつの軀（からだ）は吹っ飛んで、地べたに叩きつけられる。無論（むろん）、匕首もどこかに素っ飛んでいた。

白目を剝いて気を失っている男の帯前を右近はつかみ、これを軽々と持ち上げると、唖然（あぜん）としている二人の仲間の方へ放り投げる。

「わわっ」

反射的にそれを受け止めた二人は、地面に尻餅（しりもち）をついた。

「どうだ、まだ無法な真似をするかっ」

右近が一喝すると、気絶から覚め切らぬ仲間を支えて、二人は這々の体で逃げ出す。

「旦那、ありがとうございます、恩にきます、この通りですっ」

小男は伏し拝まんばかりにして、礼を言った。

「うむ、良かったな」と右近。

「ところで、追われていた理由を聞かせてくれんか」

「へ？　へえ、その……あっしは指物師の多吉と申しますが」

多吉は、足下の地面と右近の顔を交互に見ながら、

「納めた手元簞笥の代金のことで、いざこざがありまして……」

「ふうん」

右近は、多吉の右腕をつかんで、ひょいと持ち上げ、次に同じように左腕も持ち上げて見る。

「指物師は削り半分磨き半分——というそうだな。つまり、仕事の半分は木賊や椋の葉で長持や簞笥を磨くことらしいが、見習い小僧の時から磨き作業をやっていると、親方と呼ばれる頃には右腕の脇だけに筋肉がついて太くなると聞いた。だが、お前の右の脇は、左腕の脇と大して変わらぬ太さだな」

「………」

「俺は嘘を言う奴は嫌いだ。じゃあな」

そう言って右近が八幡坂の方へ行こうとすると、その袖に多吉がしがみついて、

「すいません、旦那。本当のことを言います、だから見捨てないでおくんなさいっ」

必死の懇願に、仕方なく右近は振り向いた。

「で、本当はどういう経緯だ」

「へい。実は……百両という大金が原因なんでさあ」

3

右近と多吉が大日坂で出会っていたのとほぼ同じ頃――。

甲斐国の大月宿と下花咲宿との間には、長さ三十四間の大月橋がある。その橋の下には、桂川が白い飛沫を上げて岩をも砕くような勢いで流れていた。

大月橋の東側で、甲州街道から分かれた富士道が南へ延びている。

その分岐点にある石の上に、一人の浪人者が腰掛けていた。深編笠をかぶった中年の浪人者は、小ざっぱりとした身形で垢じみたところが全くない。

谷間に反響する川の音と蟬時雨が混じり合って、何とも賑やかな真夏の景色であった。

やがて、下花咲宿の方から、別の浪人が大月橋を渡ってきた。

こちらの格好はむさい。年齢は五十近いのではないか。この時代では初老の域である。羊羹色の小袖も袴も色が褪せて、何度もつぎあてがしてある。

四角い顔の下半分は無精髭で埋まり、笠を買う金もないのか、手拭いをかぶって日除けにしていた。背丈は普通だが、がっしりとした軀つきで、肩幅が異様に広く、その左肩に一間柄の槍を担いでいる。左腰に、落としているのは脇差だけだ。

橋の中ほどで谷川を覗きこみ、水飛沫に美しい虹がかかっているのを眺めて感嘆の声を上げた髭の浪人は、大月橋を渡り終えて、ぴたりと立ち止まった。

白く灼けた街道に、他に人影はない。

「さて——」

髭の浪人は、分岐点の石に腰掛けている浪人の方を見て、

「わしに何か用かね」

その浪人者は立ち上がりながら、

「先ほど、下花咲宿の茶屋で裏の後架を使った時に、井戸端で、汗を拭いているお主を見かけてな」

「それで」

「脇に置いた胴巻を結び直すのを見たが、大層膨らんでおった。少なくとも四、五百

両は下るまいと見た。そのような身形をしておるのも、大金を所持していることを見抜かれぬためだろう。その金が所望じゃ」

身形のまともな浪人者が物盗り、貧しげな浪人の方が金持ち、もしも通行人がいれば、両者の立場は逆と見えるだろう。

「ずいぶんと図々しい物とりだな」

髭の浪人は苦笑して、

「無論、わしの方はだまって渡すわけにはいかんし、そちらも大人しく引き退がるつもりはないだろう」

「そういうわけだ。こちらへ来てもらおうか」

深編笠の浪人者は、林の中へ入ってゆく。距離を置いて、髭の浪人もそれに続いた。緑の匂いが濃い林の中に、十坪ほどの広さの空き地がある。そこで、浪人者は笠をとった。月代も髭もきれいに剃ってあり、顔立ちは立派だが、目元口元に隠し切れぬ残忍さと卑しさがある。

「命をとる前に、名乗っておこう。拙者は芸州浪人、伊崎兵庫という」

「本位田猪左衛門」と髭の浪人。

「せっかくだが、貴公のような強盗浪人にとられるような安い命ではないよ。江戸に大事な用もあるでな」

「……参るっ」

兵庫は、大刀をすらりと抜いた。右脇構えをとる。猪左衛門も穂先の鞘を外して、一間柄の槍を正眼に構える。

両者は四間ほどの距離を置いて、対峙した。蟬どもの鳴き声が、ぴたりと止んだ。

やがて――伊崎兵庫の額に、暑さとは別の汗の珠が噴き出す。

相手が槍遣いと知って挑んだのだから、兵庫も自分の腕にはそれなりの自信があるし、またそうでなければ、悪行を重ねつつ今日まで生きのびてくることはできなかった。

しかし、いざ対峙してみると、この本位田猪左衛門という浪人の腕前は、兵庫の予想以上であった。槍穂の先端から放射される闘気で、こちらの心の臓が破裂しそうだ……。

「むんっ」

猪左衛門が仕掛けてきた。銀色の槍穂の切っ先が、兵庫の胸元に鋭く伸びる。

兵庫は、それを左へ払った――つもりだったが、その時には槍は素早く引き戻され、さらに顔面を狙って突き出される。左に流れた大刀を返して、兵庫は今度は、その槍穂を右へ払うことができた。

が、払われた槍が、くるりと半回転して、その石突が兵庫の左顔面に横殴りに叩きつけられる。

「うっ」

危うくかわしたが、石突の先端で頬を薄く切り裂かれて、血が流れ出すのを感じる。その感触が、追いつめられた兵庫の闘志を爆発させた。

「ええいっ」

槍を相手にして刀の方から仕掛けるのは不利——と知りつつも、兵庫は自分から斬りこんだ。その激しい撃ちこみを、猪左衛門は悉く槍先でさばく。

離れた瞬間に突き殺されるのはわかっているから、兵庫は遮二無二押して押して押しまくる。と、必死の斬撃が功を奏したのか、猪左衛門の手元に隙が見えた。

南無三、と兵庫は相手の懐に飛びこむ。槍遣いが敵に懐に入られたら、圧倒的に不利だ。

両者が密着し、低い呻き声が洩れた。

「ば、馬鹿な……懐に入ったのに……」

兵庫の膝が崩れて、その軀が力無く地面に横たわる。その死に顔には、信じられぬという表情がへばりついていた。

「残念だったな。わしには悲願がある。悲願成就の日までは、この本位田猪左衛門の命、誰にもやることはできぬ」

猪左衛門は、手拭いをとって汗をふく。

息をひそめていた蝉どもが、彼の勝利を讃えるかのように一斉に、やかましく鳴き出した。

4

「おお、暑いのにご苦労だったな、松の字。お蝶も、今さっき帰ってきたところだ」

「西瓜切ったのよ、松次郎さん」

「ありがてえ、そいつは何よりだっ」

汗をふきながら右近の家の座敷へ上がって来たのは、左平次の乾分・松次郎である。

大月橋近くで伊崎兵庫が敗北してから、三日後の夕方であった。

「いただく前に、まず、ご報告を」

松次郎は、右近の前にきちんと膝を揃えて座り、

「今日は赤坂界隈を調べて廻りましたが、それらしい笊売りは見つかりませんでした」

「そうか……」

「おい、多吉さんよっ」

庭の方を向いた松次郎は、朝顔の鉢に水をやっている多吉に向かって、

「お前さん、間違いないんだろうなあ、突っこんだのが笊の中っていうのは」

「へい、松兄ィ。そりゃあ、もう、間違いございません」

大日坂の一件の後、多吉が右近に白状した話は——富くじの取り合い、であった。

富くじは、現代の宝くじの元祖だ。それ以前も頼母子講の変形である私的な富くじが売られていて、徳川幕府は何度もこれを禁止したが、撲滅するには至らなかった。

それで、ただ禁止するだけではなく、享保年間に、特定の寺社に富くじの発行を正式に許し、庶民の射幸心を解消させようとした。この経過は、現代の公営ギャンブルの成立と似通っている。

十二文で買った富くじが、見事当選すれば二十五両に化ける。一両あれば四人家族が一ヶ月生活できるのだから、ざっと二年分の収入に等しい。

江戸の庶民に大人気となった富くじは、どんどん規模が大きくなり、この将軍家斉の時代には、十五ヶ所の寺社で年間百二十回も興行されており、最高賞金は実に一千両という凄さだ。

音羽の摺鉦長屋に住む多吉は、博奕やたかりで喰っている小悪党で、先日、同じ無職仲間の安五郎と手慰みをして百文の勝ちを得た。その時、金の持ち合わせがなかった安五郎が代わりに差し出したのが、徳仙寺の富くじである。

一枚百文、当たれば百両だが外れたら鼻紙にもならぬ富くじを、体格がよくて腕っ節の強い安五郎にかなうはずもない多吉は、仕方なく受け取った。ところが、まるで期待していなかったその富くじが、見事に当選したのである。

欣喜雀躍した多吉は、早速、徳仙寺へ換金に行こうとしたが、そこへ押しかけたのが安五郎だった。

「その富くじは百文の代わりに渡したんだから、こっちへ返せ。徳仙寺で換金したら、百文に少しばかり色をつけて、くれてやる。さあ、よこせ」

そう言って凄む安五郎の顔に、火鉢の灰をぶつけて、多吉は長屋から逃げ出した。激怒した安五郎は、すぐに仲間の七造たちを呼び集めて、多吉を追ったのである。

大日坂で、右近の平手打ちをくらい放り投げられた奴が、七造であった。

「旦那。ここに三両あります。これを手付けにして、あっしを匿ってくだせえ。富くじを換金して百両を手に入れたら、後金として三十両差し上げますから――」

土下座までしてそう頼みこまれ、右近は仕方なく、多吉を嬬恋稲荷前の自宅へ連れ帰ったのだ。

さて、問題は――肝心の当たり富くじを多吉が所持していない、ということである。

安五郎たちから逃げる多吉の前に、たまたま笊売りが通りかかった。

笊売りとは、担ぎ棒の両端に背の高い方錐形の品台を下げて、それに笊や味噌漉し、箒、水嚢などの軽い竹細工製品を幾つも鈴生りに差して行商する者をいう。

多吉は後ろから、その笊の中に、小さく畳んだ富くじを素早く押しこんだのだ。通行人は勿論、当の笊売りも気づかぬ内にである。

これで、もしも安五郎たちに捕まっても、とりあえずは富くじを奪われずにすむというわけだ。

「その笊売りを、あっしに代わって見つけてもらいたいんです。何しろ、あっしは安五郎たちに見つかったら百年目だ。うかうかと外へは出られねえ軀ですからねえ」

右近もまた、多吉を守るために家から出られない。それで、お蝶と左平次から借りた松次郎が足を棒にして、その笊売りを捜し歩いているというわけだ。

「三日前の昼前に、護国寺の門前町を流していた笊売り……これだけじゃあねえ。せめて、名前か人相でもわかれば」

井戸で冷やした西瓜にかぶりつきながら、お蝶が嘆息する。

そもそも、江戸全体で笊売りが何十人いるのか何百人いるのか、見当も付かない。昨日まで笊売りをやっていた者が、今日は植木を売り歩いている可能性もあるのだ。

松次郎も、しきりに頷(うなず)いて、

「そうだよ。若いのか年寄りか、何とか年格好でもわかりゃあ、捜し出す手立てになるのに」

「はあ、すいません」と多吉。

「それが、品台には笊だの味噌漉しだのが山と差してあったんで、後ろからは担いでいる奴の姿がほとんど見えなかったんです。あっしとしては、安五郎たちをまいたら、すぐに、その笊売りを追いかけるつもりだったもんで……」

多吉は形だけしおらしく、項垂れてみせる。

「もう、その笊売り本人か、笊を買った者が富くじを見つけてしまった——ということもありえるがな」

右近がそう言うと、お蝶が口を尖らせて、

「でもね。徳仙寺では、まだ当たりくじを持って来た人はいないって言うの」

「ですから、まだ富くじはあの笊の中に眠ってるんだと思います。そいつさえ見つかりゃあ、へい、旦那方にもお礼ができるわけで」

「お前さんはいいよ。一日中、この家で寝転がって、たまに庭の朝顔に水をやるだけっていう優雅な暮らしだ。こちとら、毎日、炎天下に名も知れぬ笊売りを捜して野良犬みたいに……あ、いや、旦那っ」

松次郎は、あわてて、右近に頭を下げる。

「すいません、あっしは、それが厭だというつもりじゃ……」

「ははは。本当のことじゃないか。松の字は実は、金座強盗の方を手がけたいんだろう」

「図星……いや、でも、あっちも楽な仕事じゃありません。何しろ、三つ巴ってやつですからね」

火盗改に化けた盗賊団に、金座役人が皆殺しになって、奪われた新小判が一万二千両——江戸幕府開闢以来の大胆な強盗事件だ。

化けたのが勘定奉行の配下や金座職人を定期的に調べる町奉行所の役人ならば、門番も宿直人も、相手が偽者だとすぐに見破っただろう。だが、金座と火盗改とに接点はなく、当然のことながら顔も知らず、それが盲点になったのだ。

犯行のあった夜、不審な気配に、隣の町年寄屋敷の者が金座に様子を見に来た時には、門番がまだ辛うじて息があった。それで、盗賊たちは火盗改に変装していたことがわかったのである。

名前を騙られた火附盗賊改方は、火の玉のように激怒した。長官の大林弥左衛門親中は勿論、与力同心手先の端々に至るまで、血眼になって盗賊の行方を捜している。

特に、盗賊の頭と思われる長田源助を名乗った大柄な男は、何があっても絶対に捕縛せよとの厳命が下っていた。

先月の月番であった北町奉行所もまた、怒り狂っていた。何しろ、事件のあった常盤橋門外と呉服橋門内の北町奉行所とは、四、五町しか離れていないのだ。ほとんど指呼の距離といってもよい。

面子（めんつ）を潰された北町奉行は、これも盗賊団を見つけだすことを与力同心御用聞きたちに厳しく命じている。

今月の月番である南町奉行所は、別の意味で気合いが入っていた。常日頃、角（つの）を突き合わせている火盗改や北町を出し抜いて、是が非でも先に盗賊団を召し捕ろうと、御用聞きや手先に至るまで、江戸市内を駆けまわっている。

火盗改・北町・南町の三者が、三つ巴の血眼で金座盗賊団を捜し廻っているから、最近、江戸では犯罪件数が激減した。

下手に三者の何れ（いず）かに捕まって、盗賊団との関係でも疑われたら、どんな取り調べにあうかわからない。特に、火盗改に捕まったら、地獄のような責め問いをうけるといわれている……。

神田相生町の岡っ引・左平次も、乾分の六助と盗賊団捜しに汗を流しているという。

「何でも、火盗改は、盗賊の隠れ家や正体を密告した者には百両の賞金を出すそうだな」

「ええ」と松次郎。

「ですが、まだ、これといって有力な密告はないようです」

「笊売り捜しで三十両よりも、盗賊の巣を見つけて百両の方が、気が利いてるわね」

「おい、お蝶」右近が釘（くぎ）を差す。

「変な色気を出して、笊売り捜しの合間に、怪しい奴を尾行たりするんじゃないぞ。相手は血も涙もない人殺しなんだからな」

「心配してくれるのね、旦那……嬉しいっ」

お蝶は、右近の太い首にすがりついた。

「おいおい……」

「こりゃ目の毒だ」

独身者の松次郎は、呆れたように首をふる。その時、玄関の方から、

「――御免下さい」

少年の声であった。右近の顔が、ぱっと輝く。

「おう、新之介殿か。よう参られた」

すぐに座敷へ招き入れたのは、納戸役・近藤辰之進の長男で十四歳の近藤新之介である。実は、右近の実の息子なのだが、本人は、その事実を知らない。

「あ、これはお客人でしたか。わたくしは遠慮いたしましょうか」

「遠慮しなきゃならないような連中ではないよ。南瓜か大根が転がっていると思えばよろしい」

「南瓜はひでえや、旦那」

松次郎がそう言うと、一同、大笑いになった。

「実は、本日はお咲さんもお邪魔するはずなのですが……」

母親似の整った顔が、紅を刷いたように赤らむ。

お咲というのは、室町の薬種問屋・和泉屋の次女で、新之介より一歳年上の可愛いお俠な娘だ。新之介の友達である。

「うむ、そうか。まだ来ておらぬが」

右近は複雑な表情になった。新之介に徹底的に甘い右近は、まだ子供のはずの新之介が女と付き合うことを好まない。

「何か、拙者に相談でも……？」

まさか、嫁取りをしたいとか言い出さないだろうな――と右近は不安げだ。

「いいえ。今度、和泉屋で屋形船を借り切って納涼船を仕立てるのだそうです。それで、秋草のおじ様とお蝶さんもご一緒にどうかと思いまして」

「まあ、屋形船で夕涼みなんて、素敵じゃないっ」

お蝶は手を打つほどに喜んだ。

「行きましょ、旦那。ねえ、行きましょうよ、ね」

「わかった、わかった」

右近は団扇を使うように片手を振って、

「だが、まずは、お咲……さんが来てだな、招待されてからのことだ」

「そうね、そうよね。ところで、新之介様。納涼船を出すのは、いつなんですの」

「十五日でどうか、と……」

近藤新之介が、そこまで言った時、裏庭の塀の向こうから白いものが投げこまれた。右近の膝前に落ちる。紙に包んだ小石であった。

右近が無言でその紙を開くと、金釘流で短い文章が書いてある。

娘は預かった。その男を連れて高田馬場裏の林に来い——と。

5

中山安兵衛の仇討ちで有名な高田馬場は、牛込の北西の下戸塚村にあり、江戸町奉行所の管轄の外、いわゆる朱引き外である。

縦が六町、横が三十余間という広大なもので、昔、源頼朝が馬揃えをした場所だといわれている。寛永十三年に、弓馬調練のため馬場が作られ、初期には国家安全の祈禱のために流鏑馬も行なわれていたという。

その馬場の北側には、深い林が横たわっていた。秋草右近と提灯を下げた多吉が、その林の中に入ってゆく。

多吉は怯えきった様子で、

「だ、旦那……あっしは、やっぱり、さっきの居酒屋で待ってますから、旦那が一人で安五郎たちと話をつけて下さいよう。お願いしますって」

「馬鹿者。お前の都合なんか、誰が訊いてる。今、大事なのはお咲の命だ」

右近は低い声で、叱りつける。

「お咲の身柄を取り戻したら、奴らと話をつけてやるから、黙ってついて来い。うだうだぬかすと、手足を逆の方向に折り曲げて風呂敷で包んじまうぞ」

「へ、へえ……」

それでも多吉は逃げる隙を窺っているようだが、右近の分厚い肩から立ちのぼる怒気に気圧されて、どうにもならない。

右近は、お蝶を左平次の家へ走らせ、新之介には家で留守番しているように命じた。屋敷へ帰って連絡を待てと言っても帰らないし、そうかといって、新之介を現場へ連れて来るのは危険すぎるからだ。逆上して刀でも振り回されたら、助かる人質も助からなくなる。

「――おい」

闇の中から、押し殺した声がかかった。

右近が立ち止まると、ぽっと提灯がともって、杉の大木の陰から三つの人影が現れる。

猿轡(さるぐつわ)をされて後ろ手に縛られたお咲の背後にいるのは、薄ら嗤(わら)いを浮かべた体格の良い男で、これが安五郎だろう。お咲の着物に乱れはないようなので、右近はほっとした。

安五郎の脇(わき)で提灯を手にしているのは、この前、右近に張り倒された七造だ。まだ、左顔面に大きな痣(あざ)が残っている。左腰には長脇差(ながどす)をぶちこんでいた。

右近は、蒼白(そうはく)になっているお咲に大丈夫だという風に頷いてみせると、

「安五郎とかいうのは、貴様か。たかが百両くじのために、何の罪科(つみとが)もない娘を拐(かどわ)かすとは、全く、男の風上にも置けぬ奴らだな」

「百両くじ……？」

安五郎は不審そうな顔つきになり、

「何のことかわからねえが、お侍、その男を連れて来てもらって礼を言うぜ」

「こちらは、言われたとおりにした。さ、お咲を返してもらう」

「ふん。まずは、腰のものを捨ててもらおうか。そっちの繁みに投げるんだ。早くしろ」

安五郎は、匕首(あいくち)の先端をお咲の顔に近づける。

右近は少しためらったが、大刀と脇差を帯から鞘(さや)ごと抜き取ると、

「こうか」

右手の繁みに放り投げた。すると、その繁みの中から、二人の男が顔を出す。七造と一緒だった利助と藤六だ。二人とも、やはり長脇差を差している。

藤六は右近の大小をつかむと、

「へへへ、これで丸腰だな」

「三一、この前の仕返しをさせてもらうぜっ」

利助も喚く。右近は、そんな二人を相手にせずに、安五郎の方を見て、

「そら、娘を放せ」

安五郎は、無言でお咲の背中を押した。よろけるように駆けだした十五娘は、右近の広い胸の中に飛びこむ。

「よしよし、もう大丈夫だ。何も心配することはないぞ」

右近はやさしく言って、お咲の縄と猿轡を解いてやる。

「秋草様、大変！　あいつらは……」

お咲がそう言いかけた時、いきなり、多吉がその白い喉に匕首を押し当てて、さっと右近から距離をとった。

「多吉、何をするっ⁉」

「右近の旦那……安五郎たち四人を始末しておくんなさい。お前さんほどの腕なら、丸腰でもこいつらに勝てるはずだ」

そう言った多吉の顔は、地面に落ちた提灯の燃え上がる火に照らし出されて、今まで見たことのない陰惨な表情になっている。二つの金壺眼(かなつぼまなこ)には、不気味な光が宿っていた。

「お頭(かしら)っ」と安五郎が吠えた。

「てめえという奴ァ、何が何でも俺たちを皆殺しにして、一万二千両を独り占めにするつもりかっ」

「一万二千両だと……」

訝(いぶか)る右近に、お咲が身をよじりながら叫んだ。

「秋草様、この男たちは、金座に押し入った盗賊なんです！」

6

辛皮(からかわ)の多吉は、江戸の暗黒街でも有名な盗賊の頭である。十二人の手下を率いて、準備に一年もかけて金座に押し入り、見事に千両箱十二個を盗み出した。

火盗改与力の長田源助を名乗ったのは、押し出しの利(き)く安五郎。後藤庄三郎の背後から脇差を突きつけた小柄な同心が、実は多吉である。

そして、多吉は盗んだ金を我がものにするために、力持ちの大男の喜多八(きたはち)だけを残し、池袋(いけぶくろ)の穴蔵の中で、十一人の手下に非情にも毒入りの祝い酒を飲ませた。

が、飲んだ量が少なかったためか、安五郎たち四人だけは生き残り、止どめを刺そうとする多吉たちと闘って何とか喜多八を殺し、多吉を追い払った。

数日間寝こんで毒を抜いた四人は、軀が動かせるようになると、裏切り者の頭の捜索を開始した。恨みを晴らすためと、一万二千両の隠し場所を白状させるためだ。

多吉の方もまた、喜多八を失って焦っていた。

喜多八に言いつけて、十二個の千両箱は、最初に大八車で運び入れたのとは別の場所に隠しておいたものの、今度は、そこから動かすことができない。下手に人足などを雇ったら、火盗改や町奉行所の連中に目をつけられてしまう。

何とか信用できる人手を集める算段をしているうちに、ついに、七造たちに見つかってしまった。それで、追いかけられている時に、秋草右近と遭遇したのである。

無論、富くじの話も笊売りも、みんな出鱈目(でたらめ)。右近の家に居座って、お蝶や松次郎に存在しない笊売りを捜させていたのも、時間稼ぎのためだったのだ。

「旦那、この娘の命が大事なら、邪魔な安五郎たちを片づけておくんなさい。礼は、はずみますぜ」

卑屈で小心という仮面は跡形もなく、堂々たる貫禄を見せて、多吉は命ずる。

「長年苦楽を共にした手下たちをあっさりと毒殺したお前さんが、俺にちゃんと礼金を払うとは思えんがな」

右近が苦笑すると、

「そんな娘が生きようが死のうが、知ったことじゃねえ。殺された仲間たちの無念を晴らすぜ。お頭、まずは腕の一本も貰おうかっ」

提灯を放り出すと、七造も顔を真っ赤にして吠えて、長脇差を抜いて多吉の方へ突進する。

「やめんかっ」

自分の脇を走り抜けようとした七造の顔面に、右近の鉄拳が炸裂した。カウンターになったので、鼻柱が潰れただけではなく、それが顔の奥にめりこんでしまう。

「げふっ」

長脇差を放り出して、鯨のように鼻血を噴き上げながら、七造は仰向けに倒れた。後頭部が地面に激突するよりも先に、すでに意識を失っている。

「やりやがったな！」

安五郎が匕首を、利助と藤六が長脇差を構えた。右近は、地面に落ちた長脇差を拾おうともせずに、十日月の月光に照らし出された三人に目を配る。

「ふふ、ふ。右近の旦那、その調子だ」

多吉は、ほくそ笑んだ。

と、その右顔面に闇の中から飛来した石が命中した。

「うっ」

呻いて仰けぞった多吉の手から、お咲は素早く逃れた。お咲が右近に飛びつくのと、もう一つの人影が駆け寄るのが、ほぼ同時であった。

「旦那、これをっ」

右近に大小を渡したのは、松次郎であった。

「それは……じゃあ、さっきの刀が何だか軽いと思ったら、あれは竹光かっ」

藤六が悔しそうに喚く。

「そういうわけだ」松次郎が嘲笑った。

「人質をとられているからには、こういう手も考えておかねえとなっ」

松次郎は、右近の本物の大小を持って、先に高田馬場に駆けつけ、林の中にこっそりと潜んだのである。そして、丸腰になった右近が危機に陥った時に働く役目だったのだ。

「出かける前に、家の奥で何かこそこそと相談してると思ったら、そういう仕掛けだったのか……」

右目を片手で押さえながら、多吉が唸るように言う。松次郎が投げつけた石のために瞼が切れたらしく、出血していた。

「おい、お侍っ」安五郎が言った。

「人質がいなくなったんだから、もう、お頭の言うことをきく必要はあるめえ。お前さんは手を引いてくれ。俺たちは、お頭を嬲り殺しにできりゃいいんだっ」

「さて……それはどうかな」

「何だとっ」

右近の言葉に激怒した安五郎の顔が、

「あ……？」

急に、強ばった。そして、ゆっくりと前のめりに倒れる。その背中には、鮮血が滲んでいた。

「安五郎兄ィ！」

「どうしたんだ、誰にやられたんだっ」

藤六と利助は呆然としてしまう。

と、安五郎が立っていた背後の闇の中から、ぬるりと出現した者があった。一間柄の槍を手にした髭の浪人者である。

「てめえかっ」

藤六が斬りかかろうとすると、本位田猪左衛門は彼の胸を槍穂で貫き、さらに、硬直したようになっている利助の喉頸をも刺し貫いた。ほとんど目にもとまらぬ早業である。二人は、血煙を立てて声もなく倒れた。

「本位田の先生、ありがてえっ」

形勢不利だった多吉が、狂喜した。

「間に合ったようだな、辛皮のお頭」

猪左衞門は、静かに言う。

「へへへ、阿呆どもが。俺は毎日、庭の朝顔に水をやるふりをして、板塀の穴から盗賊宿の手先と文のやり取りをしていたんだ。俺がだらだらと暇潰ししていたのも、この本位田の先生が甲州街道を下って、江戸へ着くのを待っていたからなのさ。先生に邪魔な奴らをみんな始末してもらって、ゆっくりとお宝を大坂に運ぶという寸法よっ」

顔面の痛みも忘れて、多吉が愉快そうに言った。猪左衞門は、右近の顔を月光に透かし見るようにして、

「お主……秋草右近か」

「いかにも。本位田というのは、聞いた名だが」

「うむ。乳切木の鹿十郎、馬上筒の蝶之介は、わしの弟でな。年が離れているのは、三人とも母親が違うためだ。我ら三人、顔立ちこそ似ても似つかぬが、流れている血の半分は間違いなく同じもの」

本位田三兄弟の長男・猪左衞門は淡々とした口調で言う。

「不肖の弟どもではあったが、人手にかかって死んだとあっては、実の兄として放っておくわけにもいかん。逆縁ながら、二人の仇討ちをさせて貰おうぞ」

「是非もあるまい……」右近は嘆息した。

「ここは林の中で、槍には不利。広い所へ出よう」

「右近の旦那、そ、そんなこと……」

どうして、わざわざ敵に有利になることを言うのかと、松次郎は目で止める。

「うむ。さすが、代打ち屋の田丸彦九郎、人斬り屋の不知火笙馬を倒した男だけのことはある。弟どもが後れを取ったのも、無理はない。では、お言葉に甘えて――」

槍を担いで猪左衛門が歩きだそうとすると、あわてて、多吉がすがりついた。

「悠長に果たし合いなんかしてる暇はありませんぜ、先生っ」

「わしは悪党専門の用心棒稼業だが、この勝負だけは正々堂々とやりたい」

「とんでもねえ。さっさと片づけないと、火盗改が……」

いきなり、槍の石突が多吉の股間を跳ね上げた。ぶっ倒れた多吉は、物も言わずに海老のように背中を丸めて、苦悶する。

「まだ手付けも受け取っておらぬ以上、お前に指図される覚えはない」

冷たく言い捨てると、右近に続いて林を出た。松次郎が、その後ろ姿を見ながら、震える手で多吉に縄をかける。

林と馬場の間にある空地で、秋草右近と本位田猪左衛門は、五間の距離で対峙した。

「わしらの父は、さる藩の槍術指南役であったが、上役が母に懸想して無理難題を持ちかけたために、浪人となった。そして、武家髷を手拭いで隠して土こね人足までしながら、極貧の中で死んだ」

「……」

「わしは父に手ほどきしてもらった槍術で家名を再興すべく、悪党の用心棒をして金を貯めた。もう、五百両以上になる」

猪左衛門は、胴巻を撫でてみせた。

「辛皮のお頭からは、今度の仕事で五百両貰うことになっていた。これと合わせれば、千両。千両の賄賂資金があれば、どこぞの大名家の槍術指南として仕官できよう。だが……」

一間柄の槍を上段に構えて、しゅっしゅっと扱く。

「弟どもの仇討ちは、家名再興に優先する。なぜなら……わしは男だからだ」

「そういうことだな」

右近は、肉厚の鉄刀を抜き放った。下段に構える。

松次郎とお咲は、青白い月光に染められた両者の姿を、息を呑んで見つめる。

右近と猪左衛門は、そのまま動かない。互いの気息を計り、その手を読み合う。

（強いな、これは……）

右近は腹の中で唸った。いくら槍としては短めの一間柄でも、二尺六寸の鉄刀よりは遥かに間合で有利である。しかも、相手は稀代の遣い手であった。
林の中から出たのは、間違いだったかも知れない……いや、これほどの達人ならば、立木のあるなしは闘いに関係ないともいえる。

突如、猪左衛門の槍が、銀線のように伸びて右近の顔面に襲いかかった。いつの間にか、間合を詰められていたのだ。

右近が鉄刀で跳ね上げようとすると、素早く引かれた槍は、右足の甲に突き入れられる。

跳び下がって右近がこれをかわすと、猪左衛門は石突の近くを右手でつかみ、旋風のように頭上で槍を回転させる。右近は、その円内に入ることができない。

さらに猪左衛門は、十分に加速をつけて、右近の頭上に穂先を叩きつけて来た。右近は危うく、その穂先を鉄刀で、弾き返す。

すると、くるりと半回転した槍の石突が、右近の水月に突き入れられた。避けそこねて、小袖だけではなく、肌襦袢までも斬り裂かれる。

並の兵法者ならば、急所を突かれて悶絶していたであろう。

さっと退がって、猪左衛門は、両手で槍を構え直した。下段につけ、低く低く構えて、前に出るや、右近の左足の甲に突きを繰り出す。

右へかわした右近の喉を、跳ね上げられた槍先が斜めに斬り裂こうとする。右近は、鉄刀で横へ払った。

さっと半回転した槍の石突が、弧を描いて右近の右顔面に叩きつけられる。右近は一歩前に出ると、鉄刀で槍を受け止めた。槍の柄の蕪巻（かぶらまき）近くに、鉄刀が喰いこむ。

その時、猪左衛門の懐にわずかに隙が見えた。

右近は、槍の柄を押しやって、敵の懐に飛びこむ。ほぼ同時に、槍の柄が中ほどで二つに分離した。

猪左衛門の右手に握られた柄の半分には、錐（きり）のように鋭い刃物が装着されている。つまり、槍の柄が仕込みになっていたのだ。

猪左衛門は、甲州街道脇で伊崎兵庫を倒した時と同じように、その刃物を飛びこんで来た右近の心の臓めがけて突き出した。

が、その先端は空を切った。そして、己（おの）れの右下腹から左の首にかけて、稲妻のように激烈な感覚が走る。

猪左衛門は見た。右近が、その左手に脇差を逆手に握っているのを。

「ど、どうして、この隠し突きをかわせたのだ……」

「お主ほどの槍の遣い手に、あんな隙ができるわけがない。だから、懐に誘いこんで討つ何か仕掛けがあるはず……と考えたのだ」

右近が答えると、それを待っていたかのように、斜めに斬り裂かれた猪左衛門の軀から血飛沫が噴き出す。同時に、切断された胴巻から大量の小判が流れ落ちた。

猪左衛門は、横向きに倒れた。地面に、血と小判と臓腑が混ざり合う。

「……」

髭の中で唇が動いたが、声にはならなかった。そのまま、本位田猪左衛門は絶命する。

家名再興が……と言ったのかも知れない。

男とは――と右近は思った。男とは、何と愚かな生きものであろうか。

「旦那っ！」

興奮した松次郎が叫んだ。

「旦那は強い、本当に強いですねっ」

右近は、脇差にぬぐいをかけて納刀すると、

「いや、時の運だ」

ぼそりと言う。それから、しくしくと泣いているお咲の肩に手をかけて、

「済んだぞ。さあ、家へ帰ろう。新之介殿が、死ぬほど案じているからな」

「はい……」

お咲は、べそをかきながらも、健気(けなげ)に笑顔を見せる。

右近は、挑まれた勝負とはいえ本位田三兄弟を全て手にかけた心の重さが、お咲の笑顔で少しだけ救われたような気がした。

「旦那！　火盗改の賞金の百両は、旦那のものですぜっ」

松次郎が、右近の気を引き立てるように、陽気に言った。

遠くから、十数人の足音が近づいてくる。

お蝶の知らせを受けた左平次親分が、手勢を揃えて駆けつけたのであろう――。

陰溜（かげだまり）

1

「てめえは、それでも御用聞きの女房か、江戸の女かっ」

こめかみに青筋を立てて、岡っ引の左平次（さへいじ）は怒鳴りつけた。

「はばかりながら、あたしゃ、神田（かんだ）の水で産湯をつかった嫡々（ちゃきちゃき）の江戸っ娘（こ）さ。何の因果か、十六の年に神田相生町（あいおいちょう）の左平次って出来損ないの御用聞きに嫁入りして、二十年も苦労しっ放しの世にも哀れなお滝（たき）さんだが、それがどうしたっ」

亭主よりも何倍も激しい剣幕で言い返す、女房のお滝だ。

うだるように暑い陰暦七月後半の午後——相生町の左平次の家の居間で、犬も喰（く）わない夫婦喧嘩（げんか）が勃発したのである。

「ええい、この唐変木（とうへんぼく）め！」

「だ、だからなあ」

山の神の御威光に怯（ひる）んだのか、少しばかり受（う）け太刀（だち）になってしまう左平次だ。

「お上の御用を承ってりゃあ、時には行きたくない所へも行き、したくもない事をしなきゃならねえ。それもこれも、おめえ、十手絡みの探索じゃねえか。それを一々、悋気を起こされたんじゃあ……」

「へえ、こいつは驚いたね」お滝は鼻で嗤って、

「お偉い親分さんに、南蛮のお姫様から天地紅の付け文が届くとは、どんな大事な御用の最中なのやら、とっくりと聞かせてもらいましょうか、え」

南蛮とは、遊女屋の乱立する品川宿の別称である。江戸の庶民は、中華思想の〈北狄・南蛮・東夷・西戎〉に引っかけて、江戸の四大悪所の吉原を北狄、品川を南蛮、深川を東夷、新宿を西戎と呼んでいた。

そして、南蛮のお姫様とは品川宿の遊女を指していることは言うまでもあるまい。

「そりゃ、おめえ、えーと……そうだ、近頃、お江戸を騒がせている十王組のことさね」

「幸い、まだ耳は達者だから、盗人の十王組が先月から本郷、浅草、神田と荒らし回っていることは、あたしだって知ってるよ。だけど、南の品川宿を襲ったなんて聞いたことがないね」

十王とは、地獄の閻魔大王を補佐して亡者の罪を裁く十人の裁判官をいう。

六月の上旬から、江戸の北部東部の大店や金持ちを狙う凶悪強盗団が出没、襲った

家の襖に〈十〉の文字を大きく書いておくことから、いつしか十王組と呼ばれるようになった。

無責任な連中は、「十王組は貧乏人に手をかけず、小判亡者の金持ちどもを成敗するのだから、世直し大明神だ」などと持ち上げる始末。南北両町奉行所とも、目の色を変えて探索しているが、今のところ一味の正体も不明、逮捕の目途も立っていない。

「そこが素人の浅はかさよ」

左平次は煙草盆を引き寄せると、自信たっぷりに説明する。

「北と東を荒し回っているってことは、奴らの巣は逆に、西か南にあるに違いねえ。南なら品川、品川の遊女屋の客に、居続けの奴、妙に金離れのいい奴はいねえか――そんなことを調べるために、登楼りたくもねえ遊女屋に登楼って、妓どもに聞きこみをする。聞きこみったって、懐に十手を突っ張らかして詰問したところで、誰も本当のことなんぞ喋りゃしねえ。だから、大工の棟梁が川崎のお大師さまか何かを参詣した帰りのような風を装って、遊女屋の客になり、それとなく妓から話を引き出すのさ」

「あらまあ、そいつは大変なお役目だねえ」

「そうともよ」

自然と反っくり返ってしまう、左平次であった。ぷかりぷかりと紫煙をくゆらせて、

「喫いたくもねえ煙草をふかして、飲みたくもねえ酒を喉へ流しこんで、喰いたくも

ねえ肴を口に放りこんで……かきたくもねえ汗をかく。臥薪嘗胆というか、心頭滅却というか、御用大事だと思うからこそ耐えられる苦行よ。妓から付け文が届くくらいの仲にならなきゃ、凶賊に関わり合いのある話なんぞ聞き出せるわけがねえじゃないか。そんなものに焼餅を焼いていたら、御用聞きの女房は務まらねえぜ、お滝」

「なるほど、聞けばお前さんの言うのも道理だ。これは、あたしの早合点だったかも知れない」

いやにしおらしく、頭を下げるお滝だ。

「うむ、わかってくれりゃあいいんだ。はははは」

「ところで、お前さん」

お滝は、にこやかな笑みを浮かべたまま、身を乗り出す。

「三月も会えずに、この身は焦がれ死にそう——とこの付け文にはあるけど、十王組が跳梁跋扈し始めてからまだ一月半くらいにしかならないんだよ。これはどういう算術なんだろうか」

「え……」

虚を突かれて、だらりと唇から煙管をぶら下げてしまった左平次の前で、両眼を炯々と光らせたお滝が煙草盆を振り上げた。

「お前さんっっ！」

2

表の陽射しは、ほとんど物理的な衝撃を与えるほど強い。風はなかった。神田広小路(ひろこうじ)へ向かう通りは白く乾いて、照り返しで目が痛くなるようである。

左平次は、日陰になっている商店の軒下を歩いていた。

(俺も年(とし)だな……)と左平次は思う。

(若い頃は日陰を歩くと何だか弱虫みてえな気がして、月代(さかやき)が焦げそうなくらい陽射しの強い時でも、意地になって通りの真ん中を歩いてたもんだ。今、考えてみると、阿呆(あほ)らしいこったぜ)

月代に畳んだ手拭いを載せているのは陽射し避(よ)けのようだが、実は、腫れた額を隠すためのものである。先ほど、女房のお滝から、煙草盆が割れるほど強く額を打ち据えられたのであった。

「くそ、まだ、ずきずきしやがる。それにしても、今じゃ手負いの虎みてえに凶暴な女だが、一緒になった頃は純情で可愛かったなあ」

そう呟(つぶや)いて、左平次は深々と溜息(ためいき)をつく。

「ご亭主に何をされても決して厭がっちゃいけないと御母さんに言われたけど、お願い、怖いことはしないでね……なんて、初夜の床入りで手を合わせられた時にゃあ、この俺も……へっへっへ」

独りでにやつく左平次を見て、向こうから来たところてん売りが、気味悪そうに道の反対側へ避難した。左平次は、あわてて表情を引き締める。

広小路へ出て立ち止まった左平次は、通りがかりの人々に額を見せないように注意しながら、首のまわりの汗を拭う。

広小路の西側に、金魚売りが桶を置いていた。子供たちが、桶の中を泳ぐ金魚を熱心に覗きこんでいる。

左平次は、右へ曲がった。下谷御成街道から上野広小路へ出るつもりである。

先月、十王組に襲われた扇屋〈佐野屋〉が仁王門前町にある。奉公人が三人殺されて、主人も深手を負った。

そんな凶行で手に入れた金が、たった二十三両。十王組は総勢三人だから、頭割りで一人当たり七両ちょっとにしかならない。

その程度の金のために殺された丁稚や下女が、ひどく哀れであった。品川の遊女屋行きを十王組の探索と女房に言ったのは無論、その場しのぎの詭弁だが、あの丁稚たちの仇討ちに、必ず十王組をお縄にしてやるのだ——と左平次は胸の中で誓う。

佐野屋の主人は四谷の親戚の家で養生し、妻子もそこに厄介になっているし、奉公人たちも実家へ帰ったりしているから、店には誰もいない。

しかし、行き詰まった時には現場百遍というのが岡っ引の常道である。大戸を閉めた店舗を外から眺めている内に、何か良い思案が浮かぶかも知れないのだ。

「………ん？」

左平次は急に、奇妙な感覚に襲われた。

足が重くなったのである。家を飛び出して来た時には何でもなかったのに、草履の裏に鉛の板を貼りつけられたような感じなのだ。

歩いていれば、その内に楽になるだろうと思ったが、石川家、小笠原家、黒田家、井上家という大名屋敷が集まった十字路まで来ると、草履の裏どころか脛に鉄の脚絆を結びつけたような按配になってきた。

（何だ、これは……）

左平次は、伊勢亀山藩六万石・石川家の藩邸の海鼠塀に片手をついて、喘ぐ。手拭いで、水を浴びたように汗で濡れている顔や襟首をぬぐった。

ふと、視線を感じて振り向くと、石川家の屋敷の角にある辻番所から、番士がこちらを見ている。左平次は、急いで塀に突いていた手を引っこめ、頭を下げた。

（こいつはいけねえ、早く家へ戻ろう）

まだ怒りが治まらないであろうお滝と顔を合わせるのは憂鬱だが、とにかく具合の悪さが尋常ではない。

手拭いを懐にしまった左平次は、今来た通りを引き返した。辻番所の前では、小腰を屈めてもう一度、頭を下げる。番士は、疑わしげに彼を睨んでいた。

だんだんと下半身が重くなってくる。夏羽織の下の背中を流れる汗も、不快な冷たさを帯びているようであった。気のせいか、呼吸まで苦しくなってきたようだ。

（たしか、前に寄席で聞いた噺だが、西国の山の中には〈ひだる神〉とかいう化物がいて、通りかかった旅人に取り憑くとか。そいつに取り憑かれると腹がへって腹がへって一歩も歩けなくなるというが……まさか、そいつが箱根を越えて、公方様のお膝元までやって来たんじゃあるめえなあ。くわばら、くわばら）

そんな素っ頓狂な心配までしていると、

「――これは、親分。いつまでも、お暑うございますねえ」

売り物に陽が当たらないように葦簀の位置を直していた八百屋の主人が、両膝に手をあてて頭を下げた。

「おう。早く秋風が吹くといいがな」

にこやかに笑みを返すのには、馬を頭の上に持ち上げるほどの努力が必要であった。

しかし、どんなに体調が悪くても、自分の縄張り内で惨めな姿は見せられない。

岡っ引は下手人を捕まえるのが仕事だが、それと同じくらい大事なのが、普段から縄張り内に睨みを利かせて住民たちに一目置かれることだ。そうでなければ、十手持ちは務まらない。

神田広小路の角を左へ曲がった時には、顔面の筋肉が固まって、口を開くのも容易ではなかった。しかし、近所の衆と挨拶を交わしながら、必死の気力で平静を装う。ようやく相生町の家へ戻った時には、四肢が思うように動かせず、背中に石灯籠(いしどうろう)を七個くらい背負わされたような気分であった。

「おや。親分さんのお帰りだが、今帰ったの一言も無しかい。お偉い人は違うねえ」

辛辣(しんらつ)な口調で言い放ったお滝ではあったが、玄関の格子戸に手をかけたまま汗みどろで突っ立っている亭主を見て、さすがに不審に感じたらしい。

「どうかしたのかい、お前さん」

座敷から玄関に駆けつけると、左平次は喉の奥から絞り出すように、

「医者……呼んでくれ」

それだけ言って、崩れるように上(あ)がり框(かまち)に倒れこんだ。

3

「で、親分の病は結局、何だったんだね」

秋草右近――〈ものぐさ右近〉の異名を持つ萬揉め事解決業の浪人は、嬬恋神社の向かい側にある家の縁側に、いつものように肘枕で横になっていた。

肩幅が広く、剣の修行で鍛え抜かれた分厚い肉体なので、後ろから見ると、まるで地震で倒れた箪笥のようであった。

「いえ、それが違いましたんで」

玄関先で倒れてから三日後の正午前、右近の家へご機嫌伺いに来た左平次は肌の色艶も良く、帰宅途中に行き倒れになりかけた男には到底見えない。

「違うって、どういうことなの」

お勝手の方から出て来たお蝶が、西瓜の皿を載せたお盆を、畳の上に置いた。元は〈竜巻お蝶〉の渡世名を持つ腕利きの掏摸であったが、今は足を洗って、右近と一つ屋根の下で暮らしている。

浅黒い肌が玉に瑕だが、切れ長の目をした美女だ。右近と仲睦まじいせいか、近頃、急に婀娜っぽくなっている。

「病じゃなくて陰溜だというのさ、姐御」

「陰溜……？」

——お滝が呼んできたのは、下平右衛門町の袴田東庵という医者で、浅草界隈でも評判の名医であった。

弟子の又八と一緒にやって来た東庵は、奥の座敷に寝かされた左平次を、じっくりと診察してから「心配ない。これは陰溜だ」と言った。

「人間の軀は、若いうちは色んな無理が利くものだが、年をとるとそうはいかない。見た目は健康そうで、本人もそう思っていても、いつの間にか知らないうちに軀の芯のところに疲れが溜まってくるのだな。これが陰溜だよ。この暑さのせいもあるのだろうな。その積もり積もった疲れが、まるで堰が切れて洪水が起こるように、いっぺんに表へ飛び出してきたのさ。だから、急に疲れ果てたようになって動けなくなったというわけだ」

「それで、どうしたら良いのでございましょうか」

お滝が不安そうに訊くと、東庵は「一晩か二晩、何も考えずに、ゆっくりと眠ること。それだけでよい」と言う。

「胃の腑も疲れているだろうから、何も食べない方がよい。この暑さだから水は十分に飲ませねばならぬが、腹が冷えないように湯冷ましにすること。五苓湯を調合しておくから、夕方にでも誰かに取りに来させなさい」

そういうわけで、重病でないと知って安堵し、五苓湯を服用した左平次親分は、それから二日二晩、何も食べずに昏々と眠って、昨日の夕方目覚めたら、すっきりと元の健康体に戻っていたのである。

「目が覚めましたらね。枕元で女房が、半分居眠りしながら、団扇で蚊を追ってくれていたんでさあ。二日も寝ずの看病をしていてくれたのかと、何だか目頭が熱くなっちまいましたよ」

汗まみれの左平次は、まずは湯屋へ行こうとした。だが、二日も絶食しているのに湯になんか入ったら、今度は湯当たりしてしまう——とお滝が止めた。

それで、ぬるま湯でお滝に躯をふいて貰うことにしたのだが、

「お前さんの寝顔を見ていたら、何だか嫁入りした時のことを色々と思い出して、この人が死んだらどうしようとか切なくなって、あたしゃ、泣いちまったよ」

そんな話を聞きながら、女の匂いを間近に嗅いでいる内に、左平次は尾骨の辺りがむず痒く熱くなるのを感じた。そして、「おい」と声をかけて女房の手を握り、そのまま膝の上に抱えこんだのである……。

「いや、もう、本当に年甲斐もねえこって。ですが、久しぶりに一汗かいたら、お滝の奴ァ、あっしの肩にすがりつくと、嫌いになっちゃいやだよ——とか何とか言いや

がってね。へっへっへ」

己(おの)れの膝を叩いて照れ笑いをする左平次の丸い顔を、右近とお蝶は西瓜を手にしたまま、唖然(あぜん)として眺める。

「おい、お蝶」と右近。

「俺は昼飯がいらんようだ。もう腹いっぱいだからな」

「あたしもですよ……」

それを聞いた左平次は、ようやく正気に返ったらしく、

「こいつはどうも、失礼しました。くだらねえ惚気話(のろけばなし)をお聞かせしちまって」「いやいや。親分が元気になって、何よりさ」

「ところが、旦那。あっしが粥(かゆ)を平らげて湯屋へ行って、暢気(のんき)に寝ている間に、夜中に黒船町(くろふねちょう)の雑穀間屋〈田代屋(たしろや)〉に十王組が押し入りました」

「ほほう」

「奪われたのは、仕入れのために用意しておいた二百五十両。ですが、そこの主人は昔はお侍だったとかで、昔とった杵柄(きねづか)、隙を見て盗人の刀を奪うと、一人に手傷を負わせたそうです。ちょうど、駒形(こまがた)の吉三郎(きちさぶろう)が夜回りをしていて異変に気づき、乾分(こぶん)と二人で十王組を追っかけたんですが、逃げられちまったそうで。あっしの縄張りの外の事件とはいえ、惜しいことをしました」

「怪我人はでなかったのかね」

「主人が太腿を、おかみさんが腕を斬られたが、二人とも命に別状はないそうで。奉公人たちは無事でした」

「そのおかみさんも気の毒ねえ」

つい女同士の誼で田代屋の女房に同情してしまう、お蝶だ。

「これで、たしか八件目だろう」

西瓜を食べ終えた右近は、碁盤か枡のように四角い顎を撫でながら、

「十王組というのは、手口も荒っぽいが、とにかく襲う件数が多すぎる。じっくりと内情を調べてというのではなく、手当たり次第という感じだからな」

「へい。そこが奴らの恐ろしいところで。そこそこの店構えの商人たちは、戦々恐々としております」

「そりゃそうだろう」

「そこで、旦那」

左平次が態度を改めて、膝を進める。

「ご相談がございます。実は、さる大店の主人から、信頼できるご浪人を紹介して欲しい――と頼まれまして」

「用心棒か」

「早く申しますと、その通りで」

「遅く言っても同じさ」

右近は苦笑する。

一月ばかり前に、ある大事件を解決して百両の賞金を手にした右近であった。しかし、懐が寂しい時の八所借り（やところがり）の返済やら何やらで、今、手元に残っているのは十数両。贅沢しなければ一年は暮らせる金額だが、萬揉め事解決業は、それなりに経費が要る（いる）のだ。

「そうだな。ここらで稼いで、秋草家の財政を豊かにしておくに越したことはない。とりあえず、話だけでも聞いて……」

右近がそう言いかけた時、

「た、大変だ、親分っ」

けたたましく玄関に飛びこんで来たのは、左平次の乾分の松次郎（まつじろう）である。

「馬鹿野郎っ」左平次は一喝した。

「右近の旦那の家へ入って来るのに、大変だって挨拶があるけえ。この礼儀知らずめ」

それから、右近に向かって、

「すいません、旦那。あっしの日頃の躾（しつけ）が行き届かねえもんで」

「それが、本当に大変なんです。東庵先生が、医者の袴田東庵先生が殺されましたっ」

「何だとっ⁉」

西瓜の皿を蹴っ飛ばしそうな勢いで、左平次は立ち上がった。

4

浅草・下平右衛門町の板塀に囲まれた袴田東庵の家の前で、六助（ろくすけ）は容赦ない陽射しに照りつけられながら、所在なげに突っ立っていた。

「あ、親分っ」

左平次や右近たちの姿を見て、六助は救われたような表情になる。

「ん？　どうした、中の現場を見張ってなきゃ駄目じゃねえか」

「いえ、それが……俺ァ追い出されちまったんで」

三角おむすびのような顔をした六助は、面目なさそうに言った。

「追い出された？　誰に？」

「——俺だよ、相生町の親分」

そう言って、庭木戸の方から出てきたのは、三十半ばの役者のような面長の男。だが、役者にしては限光が鋭すぎる。

「駒形の親分か……」

左平次は、むっとした表情になる。相手は、浅草駒形町の岡っ引・吉三郎であった。

「杓子定規なことは言いたくねえが、下平右衛門町は俺の縄張り内だ。しかも、番太郎の報せで、うちの若い者が現場に一番乗りしたんだぜ。それを、わざわざ駒形から出張って来たお前さんが横取りするというのは、仲間内の仁義に外れちゃいねえか」

「おっと。十手持ち仁義の講釈なら、次の機会にして貰おうか」

吉三郎は薄い唇に冷笑を浮かべた。

「確かに下平右衛門町はお前さんの縄張りだが、この殺しは、俺が昨日の夜から追ってる下手人の仕業なんでね。だから、俺が手をつけさせて貰うよ」

「昨日の夜の下手人だと？」

「おうよ。東庵先生を殺したのは十王組さ」

「十王組……！」

左平次たちが衝撃を受けていると、後ろにいた右近が、のっそりと前に歩み出て、

「縄張り問答はそのくらいにして、取りあえず、みんなで家の中に入ろうじゃないか。このまま往来に突っ立ってたんじゃ、お天道さまに炙られて、御用聞きと浪人の干物が出来ちまうこと請け合いだぜ」

「お前さんは」

吉三郎は、着流し姿で月代を伸ばした右近を、上から下まで素早く観察する。

「秋草右近、嬬恋神社前に住まいする浪人者だ。見知り置いてくれ、駒形の親分」

「へえ。旦那が、事件屋とか示談屋とかいわれている秋草様で……相生町の親分の手柄の大半は、旦那の差し金とかいう噂だが、あんまり素人が出しゃばり過ぎない方が、身のためですぜ」

あくまで底意地の悪い物言いをする吉三郎に対して、

「あっはっはっ」

右近は豪快に笑い飛ばした。

「人の話は眉に唾をつけて聞くのが商売の御用聞きが、世間の噂を真に受けるとはな。いやァ、吉三郎親分も見かけによらず、お若い、お若い」

「う……」

吉三郎は、とっさに言い返すことも出来ずに、立ちすくむ。

自分たちの親分を侮辱されて悔しがっていた松次郎と六助も、それを見て溜飲が下がったようであった。

「では、現場を見せてもらおうか」

言い返す隙も与えず、分厚い肩が吉三郎を押しのけるようにして、右近は玄関へ入ってゆく。すかさず、左平次たち三人もそれに続いた。

患者の待合室に診察室、調剤部屋、居間、他に東庵の部屋と弟子の又八の部屋の六間の造りだから、借家としては大きい方だ。

東庵の死体は、庭に面した調剤部屋にあった。血の海の中に、庭の方へ足を向けて俯せに倒れている。近くに薬研や薬匙や膏薬の壺などが散らばっているところを見ると、調剤中に襲われたらしい。

「医は仁術、という言葉通りのお医者だったのに……」

左平次は東庵の死骸に向かって手を合わせ、頭を下げた。胸の中で、必ず下手人を上げてみせると誓っているのであろう。

六助たちも、それに倣う。右近も、静かに片手拝みをした。

僧体の東庵は、五十二、三と見えた。大柄で、体格も良い。

横向きになった顔には、驚愕と恐怖と無念さが貼りついている。傷口は二ヶ所、右肩からの袈裟懸けと、背中の真ん中の突きだ。凶器が刀であることは間違いない。

縁側まで血まみれで、そこに脇差が転がっていた。血は、沓脱石まで汚している。

「正午近くなっても、家の中が静かで誰も出てこねえ。で、そこの角の豆腐屋の女房が、お昼に食べて貰おうと揚げたての油揚げに味噌をつけて焼いたやつを持って来て声をかけたんですが、返事は無し。それで、庭からまわってみると、東庵先生と弟子の又八さんが血まみれで倒れていたというわけで。その女房は腰を抜かしそうになり、這うようにして自身番へ報せたんだそうです」

松次郎が要領よく説明した。自身番に詰めていた町役人が、番太郎を左平次の家へ走らせると、途中でぶつかりそうになった相手が松次郎であった。

事情を聞いた松次郎は、すぐに左平次の家にいた六助を現場保存に向かわせて、自分は右近の家へと走ったのである。

じっくりと調べた左平次が、誰に言うともなく呟いた。犯行時刻は午後十時から午前零時くらい、と判断したのである。

「血の固まり具合やホトケの様子からして、殺されたのは昨日の夜中――亥の上刻から子の上刻ってところだろう」

右近が尋ねると、吉三郎は首を振って、

「あの脇差が十王組の得物か。ご丁寧に残していったのか」

「いえ。あれはこの家の刀ですよ。師匠を殺された又八という者が、あれで十王組とやりあったらしいんで」

貫禄負けしたせいか、意外と素直に教えてくれる吉三郎だ。

「鞘が見えないな」

「居間の刀掛けの前に捨ててありましたよ。近所の者の話によると、普段から東庵先生は脇差も差さねえで、大刀と一緒に刀掛けに掛けたままだったそうで。たぶん、又八は先生が賊に斬られたのを知って、夢中で脇差を抜いて調剤部屋へ駆けこんだんでしょうよ」

「その又八って男も、十王組に殺されたのかね」

「深手ですが、何とか命だけは取り留めました。さっき、金瘡(きんそう)の先生が帰ったばかりで、奥に寝かせてありますがね」

「会わしてくれねえか、駒形の」

　下手に出る左平次である。

「いいだろう。こっちだ」

　奥の三畳間に、又八は寝かされていた。枕元で番をしていたのは、吉三郎の乾分で灰神楽(はいかぐら)の太市(たいち)という蜻蛉(とんぼ)のように目玉の大きい男である。

　部屋が狭い上に右近が巨漢なので、そこに入れたのは右近、左平次、吉三郎だけだ。六助と松次郎は廊下に控える。

　左向きに横になった又八の首と右肩に、白い晒(さら)し布が巻きつけてあった。きれいに月代を剃った、小柄で眉の薄い優男で、二十代半ばであろうか。その顔は紙のように白く、ぬらぬらと脂汗で光っている。

「右の首筋を斬られたんだが、先生の話じゃあ、傷が太い血管をわずかに逸(そ)れていたんで命が助かったんだそうだ。だが、相当に血を流したらしく、町役人が駆けつけた時には全く意識がなかったらしい」

「駒形の。下手人が十王組だという証拠はあるのかね」

「あとで見てもらえばわかるが、板塀の上に血の跡が残ってるし、庭の植えこみが人が這い回ったように荒らされている。だが、それより何より、夕べの亥の中刻頃、俺は十王組の一人を、この近くまで追いこんだのさ」

吉三郎は、いささか得意げに言う。

彼の説明によれば——黒船町の田代屋を襲った黒装束の三人組は主人に逆襲されて、一人が背中に傷を負った。そして、一人と二人の二手に分かれて逃走し、それを吉三郎と太市が、これも二手に分かれて追いかけた。

この時、一人の方が野良猫を殺して、その血を路上に降り撒きながら逃げたため、吉三郎は、そいつが背中を怪我した方だと思いこんだのである。

ところが、第六天社のあたりで血痕が途切れたので、虱潰し（しらみつぶ）しに捜し回ると、積み上げた天水桶の陰に野良猫の死骸が押しこんであるのを見つけた。その死骸には、血がほとんど残っていなかった。

これで、吉三郎は偽装に気づいたのである。怪我をした仲間を逃がすために、怪我をしていない奴が偽の血痕を残しながら囮（おとり）として逃げて、追跡者の目をくらましたのだった。

連日の晴天のために乾ききった土の上には、足跡も残っておらず、ついに囮となった奴を発見することは出来なかった。そして、二人の方を追った太市もまた、相手を捕えそこなったのである。

　朝になってから、吉三郎と太市は、八丁堀（はっちょうぼり）の同心宅へ不首尾の報告に行った。千載一遇の機会だったのに十王組を逃したと聞いて、係の同心は激怒し、二人を怒鳴りつけ、さらに長時間にわたって、ねちねちと嫌味を言った。

「それやこれやで、へとへとになって駒形の家へ帰る途中に、この家の事件を聞きこんだのさ。早速、駆けつけて調べてみたら、十中八九、これは十王組の仕業だと確信したってわけよ」

「しかし、駒形の――」

　左平次が何か言いかけた時、又八が低く呻いた。

「おっ、気がついたようだな」

　吉三郎は、薄く目を開いた又八の顔を覗きこんで、

「おい、又八さんよ。誰にやられた？　東庵先生を殺して、おめえさんを斬ったのは、どこのどいつだ？」

　矢継ぎ早に問いかけた。

「いきなり……黒い装束の男が庭から……十王組だ、金を出せと……」

　それだけ言うと、又八は力なく目を閉じる。

「そうか、よし。ゆっくりと養生してくんなっ」

吉三郎は、にんまりとして、

「おめえさんの師匠の仇敵は、この駒形の吉三郎が必ず討ってやるからな！」

「………」

右近と左平次は、黙って顔を見合わせた。

5

それは、沈まないのが不思議なほどの老朽化した薄汚い屋根船であった。

深川木場町――亀井橋の近くに、その屋根船は舫ってある。袴田東庵の死骸が発見された日から、四日が過ぎていた。

昼過ぎの、一日で最も暑い頃であった。陽光が堀の水面に、ぎらぎらと反射している。

秋草右近は、小さな桟橋から「御免」と声をかけたが、船の中から返事はない。中からは、雷のような鼾が聞こえてくるだけであった。

窓の障子は穴だらけで、中に寝ている人影が見える。

舌打ちした右近は、屋根船の舳先へ移ると、もう一度「開けるぜ」と声をかけて、板戸を開いた。

「む……」

熱気と汗と安酒のにおいが、船座敷の中に充満していた。鼻が曲がりそうな――という形容そのままの、ひどい悪臭である。

小太りの中年の男が、こちらに赤い下帯一本の臀を向けて眠っている。臀の肉も、ぶよぶよと弛み、しかも体毛が濃い。

「おい、起きてくれ。医者の玄哲というのは、あんたかね」

「む……うるさいのう」

大儀そうに躯を起こした男は、いつ結ったかわからぬような総髪で、両眼は赤く濁っていた。伸び放題の無精髭が熊のようだ。

畳は赤茶けて、汗の染みだらけである。薬箱も一升徳利も、そこらにひっくり返っていた。

「玄哲は、わしだ。それがどうした」

手拭いで喉元の汗をぬぐいながら、さりげなく右近を値踏みしている。

「怪我人か。お前さんではないようだが」

「いや、ちょっと聞きたいことがあってな」

右近は船先に立っていてさえも押し寄せてくる強烈な悪臭に、内心は閉口しながらも、なるべく親しげな表情を作る。

「玄哲先生は、訳ありの患者を診てくれる奇特な人だと聞いた。どうかね、四日前の夜中に、背中に刀傷を負った男を治療しなかったかね」

この玄哲という男、実は江戸の暗黒街に巣くう闇医者の一人なのであった。

強盗や人斬りに失敗して怪我をした犯罪者は、正規の医者にかかるわけにはいかない。そんなことをしたら、たちまち岡っ引か町奉行所に密告される。

包丁や大工道具で怪我をしたと偽っても、刃物によって傷の具合は千差万別だから、本職が診れば、すぐにわかってしまう。

そこで、自然と犯罪者専門の医者が誕生したのであった。朽ち果てたような屋根船を住居にしている玄哲は、その闇医者の中でも金瘡にかけては腕利きという評判らしい。

右近は、又八と同じように、十王組の一人も医者の手当てを受けたに違いないと考えて、その方面から探索しているのであった。

それにしても、こんな不潔な医者に、こんな不潔な場所で治療を受けたら、かえって命取りになるのではないか。

「人にものを尋ねるのには、それ相応の挨拶があるだろう」

「こいつは失礼した」

右近は、懐から小判を一枚取り出すと、玄哲の手の中に放る。

「これで、教えてもらえるかね」

「ふん……」

玄哲は、小判を睨みつけて、その端を噛んでみる。そいつを下帯の中に突っこんで、障子窓をからりと開けた。

その窓から、するりと器用に栈橋へ降りると、指笛を吹く。

すると、あちこちの積み上げた材木の蔭から、ごろつきらしい男たちが四、五人、もそもそと姿を現した。みんな、手に手に棍棒や匕首を握っている。

「どうやら、この三一。懐に、五両や十両は持っていそうだぜ」

後ろに退がった玄哲がそう言うと、ごろつきどもは、にやにやと嗤って、

「ありがてえ。これで一杯飲めらあ」

「俺は女だ。夜鷹をぶん殴って、みんなで輪姦すのは、もう飽きた。岡場所の妓が抱きてえよ」

「おい、ご浪人。水練をさせられる前に、おとなしく有り金残らず差し出しな」

「その刀と着物も貰っとこうか」

「裸一貫になったら、命だけは助けてやるぜ」

型どおりの脅し文句を並べる。

「やれやれ……」右近は溜息をついた。

「この暑い盛りに、大儀なことだな。面倒だから、みんな一緒にかかって来い」

この言葉には、ごろつきどもも、かっとなった。

「ぬかしたなっ」

「ぶち殺してくれるっ」

棍棒を手にした男が、船先の右近に殴りかかった。右近は、ひょいとかわして、そいつを堀の中に放りこむ。派手に水飛沫(しぶき)が上がった。

その時には、右近の巨体は栈橋に移っている。手刀で、匕首を構えている男の右手首を一撃し、得物(えもの)を落とさせると、犬ころ投げに堀へ叩きこむ。

「野郎っ」

三人目の男は、場数を踏んでいるらしい。身を屈めると、右近の脛へ棍棒を叩きつけてきた。

が、その棍棒は空を切った。半間(けん)ほど、右近が素早く後退したからだ。

空振りして腰が泳いだそいつの襟首へ、右近の手刀が鉄槌(てっつい)のように振り下ろされる。

たまらず、そいつも水中の住人と化した。

「くたばれっ」

鳩尾(みぞおち)のあたりに匕首を構えて、四人目の男は真正面から軀ごと、ぶつかって来た。

が、右近の岩のごとき拳が、その顔面に正面衝突する。正拳上段突きだ。無論、男の匕首は届かない。

顔面を熟れすぎた柿のように潰され、そいつは匕首を放り出して、真後ろへ昏倒する。夜鷹を殴って輪姦する——と言い放った奴だから、手加減する必要は全くない。

「わ、わわわっ」

五人目の男は、棍棒を捨てて背中を見せた。右近は、顔潰れ男の軀を跳び越えると、逃げだそうとした五人目の男の襟首をつかむ。

両手で高々と頭上に差し上げると、すでに逃げ出している玄哲に向かって思いっきり投げつけた。

「げはっ」

背中に人間一人が勢いよく衝突したのだから、一溜まりもない。玄哲は踏みつぶされた蛙（かえる）のように、地べたに平（たい）らになってしまう。

ゆっくりと近づいた右近は、その玄哲の右足首をつかむと、ずるずると堀端へ引きずってゆく。

そして、玄哲の軀を逆さに持ち上げて、その頭を水の中に沈めた。右手だけで、大の男の軀を軽々とぶら下げているのだから、凄まじいほどの膂力（りょりょく）である。

右近は、苦しんで藻掻（もが）く玄哲の軀を水面から一尺半ばかり持ち上げて、

「喋る気になったか」

「し、知りたけりゃあ、百両出しなっ」

玄哲は喚いた。大した悪党根性である。

「それなら、百両分の塩水を飲んでおけ」

右近は再び、玄哲の頭部を再び、水に漬ける。狡猾な闇医者は、無茶苦茶に暴れた。

頃合いを見て右近が引き上げると、水鉄砲みたいに闇医者は口と鼻から水を吹く。

「言う、言うから助けてくれぇ……」

「はいよ」

右近は、玄哲の軀を地面に転がしてやる。

「四日前の夜中、治療したんだな」

「そ、そうだ。仲間の猪牙船で、ここまで運ばれて来て……わしが縫ってやった」

「なるほど。仲間が囮になっている間に、怪我した奴は船で逃げたのか。で、そのあと、往診をしただろう」

「した……しました」

玄哲は、すっかり観念したらしく、素直に言う。

「よし、そいつらの巣はどこだ」

「それは、わ……」

答えかけた玄哲の左胸に、きらりと何かが光って突き立った。

小柄であった。心の臓を貫かれた玄哲は、物も言わずに倒れる。

「むっ」

小柄の飛来した方へ駆けだした右近の前へ、立てかけてあった左右の材木が雪崩を打って倒れた。

さすがに、蹈輪を踏んでそれを避けると、その間に、敵は姿をくらましてしまう。

「しまったなあ」

右近は舌打ちをして、額の汗をぬぐった。

(玄哲は、わ……と言いかけた。わ……とは何だろう)

玄哲の死体の方へ戻った右近は、まだ堀割の中で溺れかかっている三人の男たちに目をやって、うんざりとした表情になる。

「たぶん、無駄だとは思うが……」

せっかく放りこんだのに、これから一人ずつ川から引き上げ、気絶している二人も含めて全員に、知っていることを全部吐かせねばならないのだ──。

6

「しっ、しっ」

夕暮れ近い両国橋の西の袂で、風呂敷包みをかかえた老婆が、つきまとう野良犬を追い払おうとしていた。

が、その赤犬は、相手が非力なのを見抜いてか、牙を剝きだしにして吠えついてくる。

と、いきなり、その犬が悲鳴をあげた。臀に、小石をぶつけられたのである。

小石の飛んできた深川の方を向いて、赤犬は、激しく吠える。すると、今度は、その鼻先に小石が命中した。

ぎゃんっ、と叫んで赤犬は、文字通り飛び上がった。尻尾を巻いて逃げ去る。

「大丈夫かね。どこも嚙まれちゃいないか」

両国橋を渡って来た秋草右近は、老婆に近づいた。

木場の堀割から引き上げたごろつきどもへの尋問は何の成果もなく、闇医者の玄哲殺しのことで土地の岡っ引から長々と事情聴取されて、心底うんざりした右近であった。が、そのために、老婆の危難に行き合わせたのだから、これは天の配剤というべきか。

「あ、ご浪人様は、東庵先生の通夜におられた……」

「何だ、又八の御母さんだったのか」

「どうも、ありがとうございました。助かりました」

丁寧に頭を下げるのは、又八の母親のお陸（りく）である。

「いや、無事で何より。これから、東庵先生の家へ行くのかね」

「はい。長屋の衆に留守を頼んで参りました」

お陸は、今日から泊まりこみで息子の看病をするのだ。

「よし。じゃあ、一緒に行こう」

「はい、はい。願ってもないことで」

右近は、老婆が急がなくてよいように、ゆっくりと歩く。

「又八は、自慢の息子だろう」

「はあ、それが……昔は、ひどうございました」

「ひどい？」

「あれは小さいころから癇癪（かんしゃく）持ちで、十七、八まで手のつけられない暴れん坊でございましてね。頭も良くて、いつも悪い仲間を集めて親分格でした。それが、喧嘩で怪我をした時に東庵先生に治療してもらったのが縁（えん）で、本人が頼みこんで弟子にしていただいたんです」

「ふうむ。弟子になってから、喧嘩はしておらんのか」

「ええ。ご立派な先生にご指導していただいて、あの短気な倅（せがれ）が、癇癪を破裂させることもなくなったんでございます。それが……」

急に、老婆は涙ぐんだ。

「わたしらのような者が、のうのうと生きていて、東庵先生のような御方が殺されるなんて……世の中って上手くいかないものですねえ……」

「そう。そうだな」

相槌を打ちながらも、右近の心は別のことを考えていた。

7

「こいつはひどいですね、滅多斬りだ」

神田川の南側の柳原土堤――和泉橋の下流の草叢の中に、二人の男の死体が転がっていた。右近が深川の木場で暴れてから、二日後の早朝である。

左平次と右近が、その死体の両側にかがみこんで、松次郎と六助は土堤の上で集まってくる野次馬どもを追い払っていた。

死骸を発見したのは、この辺りを縄張りにしている四十前の夜鷹である。

昨夜、暑気払いに酒を飲んだら、そのまま和泉橋の下で寝入ってしまい、夜明けに野良犬の唸り声で目を覚ますと、ここにホトケが転がっていたというわけだ。

驚いた夜鷹は、あわてて顔見知りの六助に御注進して、その六助が左平次の家へ飛びこんだというわけだ。無論、大年増の夜鷹との仲を左平次と右近に散々からかわれたことは、言うまでもない。

「傷の様子からして、四、五人がかりで殺ったようだ。得物は大刀、下手人は武士だろうな」

二人とも下帯だけの裸で、胸や腹に十ヶ所くらいの斬り傷や突き傷があり、顔も切り刻まれていた。

「人相をわからなくしたようですね。着物を剝いで裸にしたのも、素性をわからなくするためでしょう」

「うむ。親分、こっちの奴の背中をよく見てくれ」

右近に促されて、左平次は片手で蝿を追い払いながら、死骸の背中に顔を近づけた。

「この斜めの傷だけが、少し変ですね」

「これはな。縫って治りかけた傷を、もう一度慎重に斬り裂いたのだ」

「すると……？」

「多分……いや、間違いなく、この二人は十王組だろう」

「何ですってっ」

左平次は、愕然とする。

「東庵先生の家へ逃げこんだ方ではなく、太市兄ィの追っかけた二人の方だろうな。

下手人は、この治りかけの刀傷を誤魔化すために、二人を滅多斬りにしたのだ」

　右近は、頰にとまった蚊を、ぴしゃりと叩いて、

「吉三郎親分に話を通し、黒船町の田代屋の主人を駕籠で連れて来て、背中の傷痕を見て貰えばいい。元は武士だったというから、大きさや角度から、自分が斬った傷かどうかわかるはずだ。背丈や軀つきも見てもらえばいい」

　二人は土堤の上へ上がると、検屍の役人が来るまでの現場の保存を六助たちに任せて、小さな居酒屋の切り落としの座敷へ腰を落ち着けた。

　本当はこんな早くに店を開けるわけがないのだが、亭主が表の騒ぎに目を覚まし、物好きにも野次馬に加わっていたのである。

　その亭主に、冷や酒と胡瓜と味噌を用意させると、右近は、湯呑みの酒を一口飲んでから、

「親分。俺はようやく、十王組の正体がわかったよ」

「本当ですか、旦那」

　思わず、目を丸くする左平次だ。

「うむ。十王組の三人は、若松町にある乙川藩の屋敷の中間だと思う」

「大名屋敷の中間……」

　右近が、まず十王組に疑問を抱いたのは、犯行が短期間に多すぎるということであ

った。

　通常、盗人は襲う店の内情をよく調べて、当然のことだが、なるべく一回の犯行で稼ぎ高を多くしようとする。

　ところが、十王組のやり方は、行き当たりばったりで、田代屋のように二百五十両を手にする時もあれば、佐野屋のように三人も殺しておいて、わずか二十三両という時もあるという具合だ。

　つまり、十王組は、年季の入った本物の盗人ではなく、盗みの〈いろは〉も知らない素人なのである。

　さらに、何か時間的に追いつめられているのだ。だからこそ、ほとんど間をあけずに凶行を繰り返しているのだろう。

　では、なぜ、時間がないのか。

「――俺が大名の上屋敷の中間ではないかと思いついたのは、ここだ。中屋敷や下屋敷の中間は、口入れ屋が手配した臨時雇いの渡り中間がほとんどだが、上屋敷の中間は国許（くにもと）の領民の倅であることが多い。十王組の奴らは、参勤交代で江戸から国許へ帰る日が近づいているので、一両でも多く稼ぐために手当たり次第に犯行を重ねているのだとな。押し入った家の襖に十の字を書く芝居っ気も、わざとらしく泥くさくて、いかにも素人のやりそうなことじゃないか」

「なるほど、参勤交代の時期は三月と八月だ。闇医者の玄哲の言い残した『わ……』を若松町と考えると、八月十日に江戸を発つ予定の乙川藩四万三千石の上屋敷が、たしかに若松町にありますねえ」

若松町は、日本橋北、薬研堀の前にある。今まで十王組が荒らし回った地域へは、薬研堀から舟を使えば簡単に行けるし、玄哲のいる深川の木場へは竪川を通れば、ほとんど一直線だ。

玄哲は往診の時に、若松町のどこかに猪牙舟で連れて来られたのに違いない。

「思うに、十王組の三人は何か上屋敷で不始末をしでかして、国許へ戻ったら暇を出される予定なのだろう。それで、江戸にいる間に盗人で荒稼ぎすることに決めたのではないかな」

「すると……玄哲を小柄で殺したり、あの二人を惨殺したのは、乙川藩の侍ですか」

「おそらくは、参勤交代の準備に忙殺されて、三人の中間の犯行には誰も気づかなかったのだ。ところが、六日前に一人が背中に刀傷を負ったものだから、さすがに、目付が動き出したのだろう。で、三人の所行が明らかになるとお家の一大事とばかりに、藩ぐるみで三人の口を塞いだのだ」

「ううむ」

左平次は、がぶりと酒を飲み干すと、空いた湯呑みを突き出して、

「おい、親爺。もう一杯だっ」

　そいつも半分ばかり飲んでから、

「何の罪もない人間を十二人も殺した十王組もひどい奴らだが、そいつらを殺して口を塞ぎ、何もかも無かったことにしようとする乙川藩の連中も、許し難い奴らですね」

　湯呑みを握り潰しそうな形相であった。

「そうだ。だからこそ、十王組の残った一人は、是が非でも生きたまま捕らえたい」

「生きていますか」

「うむ。殺したのなら、ホトケは三人一緒に放り出しておくだろう。たぶん、下目付の動きに気づいて、そいつは上屋敷を逃げ出したのではないかな」

「わかりました」左平次は深々と頷いて、

「ここまで右近の旦那に謎解きしてもらえば、あとは、この左平次にお任せ下さい。上屋敷から消えた中間は、必ず見つけ出してごらんに入れます。六助と松次郎だけじゃなく、下っ引たちを総動員します。いや、吉三郎にも打ち明けて、手を借りることにしましょう。手柄争いなんぞしている場合じゃねえ。乙川藩の連中が江戸を発つまで、あと七日しかありませんからね」

「そうだな」右近は少し考えてから、

「ところで、又八の具合はどうだ」

「ああ、元気になりましたよ」

表情を和らげて、左平次は嬉しそうに言う。

「御母さんの看護が良かったんですね。近所のおかみさん連中も交代で、御母さんの助太刀をしたそうで。又八さんは、もう、庭を歩ける程度には回復したそうです。気の早い奴は、二代目東庵襲名なんて言い出してるくらいでさあ」

「そうか」と右近。

「吉三郎親分のところの太市兄ィを、しばらく東庵先生の家に置いた方がいいだろう」

「あ、そうですね」左平次は膝を叩いた。

「何しろ、頬被りをしていたとはいえ、又八さんは十王組の最後の一人の顔を見てますからねえ。大事な生き証人だ」

「うむ……まあな」

そう言って酒を飲み干した右近の表情は、ひどく暗かった。

8

十王組最後の一人の正体と居場所が判明したのは、翌日の午後のことであった。

「意外に簡単でしたよ、伝六という中間です。乙川藩上屋敷に出入りしていた提重のお園の家に、伝六は一昨々日から転がりこんでいたんですが、昨日の朝、二人とも姿を消しました。今は、内藤新宿の近くの百姓家の納屋に隠れてます。そのお百姓が、お園の遠縁だそうで」

「よし、行くか。乙川藩の連中が嗅ぎつける前に、その伝六を捕まえるのだ」

すぐに支度をして、右近は左平次と内藤新宿の西側にある柏木村へ向かった。六助と松次郎は、納屋の見張りをしている。

二人が柏木村へ着いた時には、すでに西の空が真っ赤に染まっていた。

「あ、親分。旦那も御出で」

木立の中で藪蚊に悩まされながら納屋を見張っていた松次郎は、左平次と右近を見て、ほっとした表情になった。

「どうだ、様子は」

木立の向こうが水田になっていて、その向こうに大きな百姓家と裏庭、そして納屋が見えた。

「人の出入りはありません。たぶん、道中手形の手配をして、そいつが出来上がるのを待ってるんでしょう」

四宿――品川・板橋・内藤新宿・千住宿には、江戸を逃げ出す犯罪者や駆け落ち者のために、偽造手形を作ってやる業者が存在したのである。東海道の箱根峠の両側、小田原宿と三島宿にも、そのような業者がいたという。

「あ、出て来た」

六助の言葉に、みんなの目が納屋の方に集まる。

二十歳過ぎの豊かな頬をした女が、五合徳利を抱えて納屋から出てきた。提重のお園である。

提重とは、大名屋敷や旗本屋敷を廻って、重箱の中の寿司や菓子を売る女をいう。時には、中間たちに軀も売った。

お園は、納屋の中に何か言ってから、薄暗くなった農道へ出る。伝六のために、内藤新宿まで酒を買いに行くのだろう。

「どうします」と六助。

「駒形の親分が来るまで待とうと思ったが、女が留守の方が面倒がねえ。俺たちで伝六を縛ってしまうか」

左平次がそう言って、右近を見た時、

「親分、あれは……」

松次郎の言葉に、三人は再び、納屋の方に目をやった。

お園が去ったあとの農道を、一挺の駕籠がやって来た。その駕籠は、百姓家の敷地の手前で停まる。

中から降りて来た男は、駕籠舁(か)きに料金を渡すと、杖をついて、よろよろと納屋の方へ向かう。

「手形屋ですかねえ」

「手形屋にしちゃあ駕籠で来るのが妙だな。杖までついているし」

「親分っ」右近が立ち上がった。

「あれは又八だ！」

「えっ」

右近が木立から飛び出した時、又八は納屋へ入っていた。

右近たちが水田を真一文字に突っ切って、納屋まで数間に迫ると、その中から転げ出て来た者がいる。伝六であろう。

続いて出てきた又八が、伝六の背に馬乗りになり、首の付け根のあたりに匕首を振り下ろした。小さな悲鳴を上げて、伝六は動かなくなる。

それを見届けて、又八は横倒しになった。納屋の中で刺されたのか、その脇腹は真っ赤に染まっている。

「又八さんっ」

左平次が抱き起こすと、すでに生きている者の顔色ではなくなった又八が、

「親分…すみません……」

かすれ声でそれだけ言うと、がっくりと首を落とした。息絶えたのである。

「仇討ちか……お前さん、そんなに師匠の仇討ち（あだう）がしたかったのかい……」

左平次は涙声になっていた。松次郎と六助も、目元をぬぐっている。

そんな様子を沈痛な面持ちで見つめていた右近が、ひくりと片眉を持ち上げて、

「――来たか」

大刀の鞘を左手でつかんだ。

覆面で顔を隠した六人の武士が、ひたひたと農道を走って、こちらへ向かって来た。

「乙川藩士の方々か」

右近が問いかけても、誰も返事をしない。無言のまま、一斉に抜刀する。闇医者殺しも柳原土堤の死体も、こいつらの仕業であろう。

左平次たちは、右近の邪魔にならないように、後ろに退がった。

「む……」右近は鼻の頭に皺を寄せて、

「血のにおいがする。お主（ぬし）たち……お園を斬ったな」

「盗人の情婦（いろ）、所詮は死罪になる女だ」

六人の中の頭目らしき武士が、吐き捨てるように言った。

「それで、お園だけではなく俺たちまで皆殺しにして、十王組の真相を隠蔽しようというわけか」

「不憫（ふびん）ではあるが、やむを得ぬ。何事も御家（おいえ）のためだ。これが我らの忠義の道だ」

「ふざけるなっ」

右近は、雷鳴のような声で怒鳴りつけた。

「俺の名は秋草右近。弱い者いじめが大嫌いで、強い者いじめが大好きな漢（おとこ）だ」

すらりと左腰の鉄刀（てつがたな）を抜き放って、

「下らん能書きはいいから、さっさとかかって来い！」

「おうっ」

頭目の斜め後ろにいた武士が、右近に向かってきた。大上段から、刀を袈裟懸けに振り下ろそうとする。

が、右近は一歩踏み出して、先に相手の胴を薙（な）いだ。

「げっ」

右近の得物は鉄刀だから、刃はない。しかし、平たい鉄の棒で殴られたのと同じだから、その破壊力は凄まじい。

肋骨と内臓を破壊されて、そいつは大刀を放り出し、前のめりに水田に落ちた。

その早業に、五人の武士たちが驚愕した時には、右近は二人目の武士の頭上に、鉄刀を振り下ろしていた。鼻孔と耳孔から細かい霧のように血を噴くと、そいつは、糸を切られた操り人形みたいに地面に崩れ落ちる。

一人目の奴は、泥鰌（どじょう）のように泥まみれになって、田圃（たんぼ）の中で藻掻き苦しんでいた。

「く、くそっ」

「同時にかかるのだっ」

二人の武士が、右近に左右から突きかかった。右近は、びゅんっと大刀を振るう。

耳が痛くなるような甲高い金属音が重なり、二人の大刀は刀身が消失した。

右近の鉄刀に、鍔（つば）の近くから叩き折られたのである。折られた刀身は、二間ほど先へ吹っ飛ぶ。

秋草右近の得意業（わざ）、〈刀割り（かたなわ）〉である。

「…………!?」

柄だけになった刀を握ったまま、信じられないという表情の二人の顔面に、右近の左右の拳骨（げんこつ）が飛んだ。

「げふっ」

「ぐぼァっ」

岩のような拳である。地面に落とした卵の殻みたいに顔面を潰された二人は、水田に仰向けに倒れた。

その時には、右近は、逃げだそうとした五人目の武士の腰を蹴っ飛ばしていた。

「ひゃあっ」

そいつは水田に転げ落ちて、泥の中に頭を突っこむ。

「ろ、浪人の分際（ぶんざい）で無法な……」

最後に残った頭目は、大刀を正眼に構えたまま震えていた。

「無法、だと？」右近は唇を歪めた。

「笑わせるな。凶悪な盗人を匿（かくま）ったとはいえ、か弱い女を立派な侍が六人がかりで殺すのは、無法ではないというのか」

「そ、それは……」

「寝言は寝て言えっ」

風を切って、鉄刀が容赦なく振り下ろされる。

9

八月十五日の夕方——深川・富岡八幡宮の境内は、大勢の参拝客で埋め尽くされていた。

襟元を通り過ぎる風が心地好（ここちよ）い。

「乙川藩は減封（げんぷう）になるって噂ですねえ。何千石何万石削られるのか知らねえが」

人混みを縫って歩きながら、左平次がそう言うと、

「取り潰しにならないだけ、めっけものさ」

懐手の右近が答える。

あの日、右近に叩きのめされた乙川藩の刺客六人は、迷惑そうに顔をしかめる町奉行所の同心に引き渡された。それから先がどうなったのかは、左平次たち岡っ引には知らされない。

町奉行と大目付の間で協議の末に、おそらく六人は藩へ戻された上で、切腹させられたであろう。そして、十王組の正体は有耶無耶のままで終わる。

「又八さんの初七日も無事に済んだ。お奉行様から褒美のお金までいただいて、御母さんは泣いてましたねえ」

「――親分」

小娘のようにはしゃぎながら祭礼の出店を見ているお蝶の後ろ姿に目をやったまま、右近は静かに言った。

「誰にも言うなよ」

「へい……？」

「東庵先生を殺したのは……たぶん、又八だ」

「な、何ですってっ」

思わず、左平次は右近の顔を覗きこんだ。

「俺は最初から、伝六の仕業にしてはおかしいと思っていた。あの現場の血痕の状況を冷静に観察すれば、親分にもわかったはずだがな。ホトケが東庵先生だったので、さすがの親分も気が昂ぶっていたのだろう」

「はあ……」

「思い出してくれ。背中から斬られた東庵先生は縁側へ逃げかけて、それから部屋へ戻り、背中を刺されている。つまり、家の中にいた者が先生に斬りかかり、庭へ逃げようとする先生の前にまわりこんで、退路を断った。それで、先生は仕方なく部屋の奥へ這い戻ったところを、背中に致命傷をくらったのだ」

「……」

「ならば、下手人は家の中にいた人物。そして、あの時家にいたのは、又八だけだ。もしも、外から侵入した伝六が下手人なら、あれほどの血の海だ。庭に血の足形が残っているはずではないか」

「でも……板塀の上に血の跡が……」

「伝六が板塀を越えて、庭の中に隠れていたのはたしかだろう。血は、猫の死骸を扱った時についたものさ」

「……」

「伝六はしばらくの間、庭に潜んでいたが、諦めた吉三郎親分が去ると、そっと逃げ出したに違いない。そして、その後に師弟の惨劇が起こった……師匠を殺した後に、又八は我に返ったのだろう。そして、自分の喉を斬り裂いて自殺しようとしたが、死にきれなかったのさ」

「で、でも……又八は目を覚ました時に、『十王組にやられた』と、はっきり言ってましたよ」

「その前に、枕元で吉三郎親分が色々と推理を喋っていただろう。又八は黙って、あれを聞いていたんだ。それで、目を覚ましたふりをして、嘘をついたのさ。主殺しは、二日間晒しの上に市中引回しで磔だからな」

「ははあ……」

「だが、あの日、太市兄ィから伝六の隠れ家の話をきいた又八は、居ても立ってもいられなくなった。伝六が捕まれば、自分の師匠殺しがばれてしまう。だから、駕籠を雇って柏木村へ駆けつけたのさ。刺し違いで死んでも、磔よりは楽だろうからな。そして、何よりも、母親に迷惑がかからない」

「今際のきわに『すみません』と言ったのは、そういう意味だったんですか……」

　左平次は肩を落とした。

「でも、何で師匠を……又八さんが神様みたいに東庵先生を尊敬していたことは、誰でも知ってますぜ」

「俺は前に御母さんと話をしたんだが……又八は癇癪持ちで悪童どもの頭をしてた暴れん坊だったそうだな。それが、怪我をした時に東庵先生に治療してもらい、その人格に惚れこんで、弟子にしてもらったんだそうだ」

「ええ、そんな話でしたね。弟子になってからは、一度も癇癪を破裂させることはなかったとか」

「それだろう」

「は……？」

「この間、親分が寝こんだのと同じだよ」

　右近の声には、物悲しい響きさえあった。

「癇癪持ちが、六年も七年も癇癪を溜めこんでいたのさ。自分でも気がつかないうちに、それは破裂寸前になっていた。そして、あの晩……たぶん、どうでもいいような詰まらない事が切っ掛けで暴発して、居間の脇差を持ち出し、東庵先生に斬りつけたのだろう」

「それにしたって、あんなに尊敬していた師匠を……」

「酒でも女でもいいから何か発散するものがあれば、陰溜を解消できたんだろうが……人の心の奥のそのまた奥は、誰にもわからないよ」

「へい………」

左平次は黙りこんだ。右近の推理は筋が通っていると認めざるを得ない。

それにしても、手塩にかけた愛弟子（まなでし）に、突然、斬りつけられ命を奪われた東庵の驚きと苦痛と絶望は、察するに余りある。その光景を想像すると、胸が締めつけられるようだ。

しかし、左平次の心には、不思議と又八を憎む気持ちは起こってこない。ただ、哀れだと思うだけであった。

「世の中っていうのは……上手くいかねえもんですね」

左平次は呟くように言った。右近は無言で、頷いた。

それから、二人の男は視線を落として、むっつりと歩く。

「ねえ、旦那っ」お蝶が陽気に呼びかけた。

「放し亀よ。ねえ、買って」

八月十五日に、亀や雀や鰻などの小動物を逃がし、その命を救ってやることで故人の冥福を祈る行事を、放生会（ほうじょうえ）という。

右近は、元気づけるように左平次の肩をぽんと軽く叩いてから、

「よし、よし」明るい声でお蝶に答える。

「何匹でも買ってやるぞ。さあ、どれがいい――」

ごて鮫（ざめ）

1

「この野郎、他人様（ひとさま）に突き当たっておいて、ろくな挨拶もできねえのかっ」

「ここァ江戸の喉口（のどぐち）、公方（くぼう）様のお膝元への表玄関、高輪（たかなわ）の大木戸だ。てめえのような喰い詰め浪人がうろうろするような場所じゃねえんだっ」

「その薄らでかい図体を簀巻（すま）きにされて海へ叩きこまれたくなかったら、土下座して五郎八兄（ごろはちあに）ィに謝れってんだよっ」

　陰暦八月下旬——通りの真ん中で、三人の男たちが、自分たちでは威勢が良いと信じこんでいる啖呵（たんか）を切っていた。

　日本橋を起点とする東海道五十三次の最初の宿駅が品川宿、その十町ほど手前にあるのが高輪の大木戸だ。昔は関所の木戸があったのだが、今は高札場の前を、そう呼んでいる。

　その高札場の前で、三人の男たちは腕まくりをして、中途半端な筋彫りだの一点彫りの般若だのを見せて、しきりに凄んでいた。

三人とも二十代後半から三十半ばくらい。今から正業に就くには少し遅い年齢の、ごろつきであった。

その三人と対峙しているのは、箪笥に手足が生えたかと思われるような逞しい浪人者。着流しの腰に刃のない鉄刀を落とし差しにした、秋草右近である。

大勢の通行人たちは、通りの両側に立って野次馬となり、成り行きを眺めている。

「黙りこみやがって、聞いてるのか、この野郎！」

小柄な桟吉というごろつきが、甲高い声で言った。

「ああ……聞こえてる」

編笠を被った右近は、うんざりしたような声で答えた。

彼としては、目の前で喚いているごろつきなど、どうでも良かった。さきほどから腹が渋って、どうにも我慢のできない状態になっていたのである。

京橋の袂の蕎麦屋で昼食を摂った時に、後架には行ったのだが、まだ昨日のお蝶の料理の残りを出しきっていなかったらしい。

今の右近の望みは、少しでも早く、どこかの後架に駆けこむことであった。

それにしても、いくら腹下しで精気を失っているといっても、選りに選って秋草右近に因縁をつけるとは、この三人、よほど目玉の出来が悪いのだろう。

「野郎、素っとぼけたような返事をしやがってっ」

色黒の仙太が懐の匕首を抜いたので、見物の野次馬たちが、一斉に後ずさりした。

人間としての誇りを失う事態に陥らないために、下半身の一点に気合を集中している右近だから、自分から動くのは非常にまずい。

（ごちゃごちゃ言ってないで、早く、かかって来てくれよ）

右近がそう思っていると、

「命ァ貰った！」

そう叫んだ仙太が、格好だけは一人前に匕首を腰だめにした、その時、

「――待て」

通りの海側にある掛け茶屋の中から、野太い声がかかった。

「誰だっ」

兄貴分の五郎八が吠えると、葦簀の蔭から、かりっ、かりっ……と乾いた音がする。

「あ、あの音は……」

栈吉が、はっと顔色を変えた。

乾いた規則的な音を立てて葦簀の蔭から出て来たのは、羊羹色に褪せた小袖に古い夏羽織、鱗形の袴という浪人。

総髪を後ろにまとめて、驚いたことに胸元まで垂れるほど立派な鍾馗髭を生やし

ている。眉は、炭を貼りつけたような太い一文字眉だ。

しかも、巨漢である。肩幅と胸板の厚みが同じくらいで、樽のような体型だった。右近と並んでも遜色のない、立派な軀つきである。年齢も三十代初め、右近と同じくらいだろう。

かりっ、かりっと鳴っているのは、団扇のように大きな右手に握りこんだ二個の胡桃である。

「鮫……ごて鮫かっ」

五郎八が呻くように言う。

ごて鮫と呼ばれた巨漢の浪人は、無言で右手を前に伸ばした。そのまま「む……」と力をこめると、二個の胡桃が、ぱしっと音を立てて割れる。

素晴らしい握力であった。野次馬たちが、どよめく。

浪人は、割れた殻の欠片を親指で弾いた。その欠片は、仙太の低い鼻先に勢いよく当たった。

「わっ」

匕首を取り落とした仙太は、両手で鼻を押さえた。その手の下から、鼻血が流れ落ちる。

「く、くそっ」

形勢不利と見た五郎八は、

「覚えてやがれっ」

捨て台詞を残して、道住寺の方へ逃げてゆく。慌てて、桟吉と仙太も、あとに続いた。仙太に至っては、匕首を拾おうとして刃のほうを握ってしまい、指を怪我する始末であった。

それを見て笑った野次馬たちは、鍾馗髭の浪人に賞賛の眼差しを向けて、

「凄いお侍ですなあ」

「町人に絡まれても何も出来ないご浪人がいるかと思えば、仁王様顔負けの怪力、あの立派な押し出し」

「ごろつきどもは、唐天竺まで逃げるような勢いでしたよ」

「あのような方を本当の豪傑というのでしょうな」

それらの賛辞が聞こえているのかいないのか、髭浪人は、悠然と右近に近づいて、

「危ないところでしたな」

にこやかに言った。右近は編笠をとって、

「どうも……助かりました」

いくら腹具合が思わしくなくとも、あんな吹けば飛ぶようなごろつきの五人や十人に後れを取る右近ではないが、成り行き上、こう挨拶しないわけにはいかない。

「いや、礼には及ばぬ。武士は相身互い、ましてや浪人同士は助け合わねば、この世知辛い世の中を生きてはいけぬ。それに、旗本ですら三味線の腕や謡の節回しの良さで出世しようという軟弱なご時世、大小を差しているからといって、必ずしも皆が剣術に優れているというわけでもない。まあ、あのような町の壁蝨は、わしのような腕に覚えのある男に任せておけばよろしいのだ。ははは」

右近を腰抜け侍と見誤っている豪傑先生であった。

「はあ……拙者は秋……いや、その、秋山左近と申しますが。そこもとのご尊名は」

こうなったら、あくまで腰抜け侍に徹するつもりの右近であった。

「秋山殿と仰るか。名乗るほどではないが、中国浪人の古手川鮫五郎と申す。金杉橋から品川にかけて、わしの名を知らぬ者は珍しいだろうな」

「なるほど。古手川先生、以後はお見知りおきを」

「ははは」鮫五郎は満更でもない顔で、

「先生と呼ばれるほどの馬鹿で無し――か。よろしい、袖振り合うも多生の縁、そこらで暑気払いに一杯やるかな」

「お供いたします。あ、勘定の方は拙者が」

「そうかね。では、お言葉に甘えようか」

さらに上機嫌になる鮫五郎先生であった。

2

高輪の大木戸には、宝永七年に道の両側に石垣が築かれ、前にも述べたように高札場が設けられた。

東海道を旅する人の見送りの場所として、また、江戸へ無事に辿り着いた人々を迎える場所として有名で、そのため通りには料理茶屋も並んでいる。海が目の前だから、どの店も新鮮な魚介類を揃えていた。

秋草右近と古手川鮫五郎が入ったのは、〈水無月〉という店で、二人は一階の奥静かな座敷へ通された。

女中に酒と料理を言いつけてから、右近はすぐに後架へ向かった。

右近の体調が芳しくないのは、近藤新之介のためである。

新之介は家禄七百石の納戸頭・近藤辰之進の長男だが、実は、秋草右近の子であった。

十数年前、貧乏御家人の次男坊だった右近は、跡継ぎのいない近藤家の一人娘・八重の入り婿となった。

だが、八重が妊娠すると、身分違いの右近は追い出され、勘定奉行・水野河内守の三男である辰之進が、正式に近藤家の婿となったのである。

無論、十四歳の新之介はこの事実を知らず、右近のことを親切な浪人だと信じていた。

何度も実父の名乗りをあげたいと思った右近であるが、新之介の驚きと苦悩、八重の哀しみを考えると、それを実行に移す決心がつかなかった。

ただ、新之介が自分を慕ってくれていることが、唯一の慰めであった。

その新之介が昨日、遊びに来る予定だったのだが、それを聞いたお蝶が、はりきって朝から〈ご馳走〉を作り出したのである。

元は江戸でも三本の指に入る掏摸(すり)だったお蝶だが、右近と暮らすようになってから、すっぱりと裏稼業から足を洗っていた。

しかし、複雑な生い立ちと指先を大事にする掏摸稼業の宿命として、お蝶は、料理の基礎を全く学んでいないのである。

そのため、彼女の作る料理は、岡っ引の左平次の言葉を借りれば「毒殺未遂」という大変な代物だった。

身体頑健な右近でさえ、時々、体調不良になって寝こむほどのお蝶の料理――それを虚弱気味の新之介が食べたら、命に関わるのではないか。

そこで右近は一計を案じ、「煙草を買ってくる」と言って家を出ると、やって来た新之介を路上で捕まえて、「済まんが、今日は急用ができた」と言って、追い返した。

そして、素知らぬ顔で家へ戻ると、「近藤家からの使いの小者に、そこで出会ったんだが、新之介は用事が出来て来られなくなったそうだ」とお蝶に告げたのである。

それから、落胆するお蝶を慰めるために、出来上がっていた大量の料理を、右近は非常な苦心をしながら腹に収めたのだった。

お蝶の料理にはかなり耐性がついたはずの右近であったが、息子思いの献身的な作業の結果、夜明け近くには寝間と後架の無限往復という惨状を呈した。

そして、そこいらのごろつきにも舐められるほど憔悴してしまった――というわけである。

それにしても、同じ料理を口にしても何ともないお蝶の胃腸は、どんな仕組みになっているのだろうか。

さて――ようやく心身とも爽快な気分になって右近が座敷へ戻ると、鮫五郎先生は、すでに三本目の徳利を空けたところ。

「古手川先生、酒の方もお強いですな」

「それほどでもないが……」

大きな団子鼻を赤くして、鮫五郎は猪口を干す。右近は、空いた猪口へ酌をしながら、

「先ほどの町人どもは、先生のお姿を見ただけで顔色を失っておりましたなあ」

「ふ、ふふ」

蛸の刺身に箸をつけながら、鮫五郎は含み笑いする。

「日本橋ほどではないが、このあたりは人通りが多いから、繁盛している商家も多い。そういう店に、無理矢理に難癖をつけて幾らかの金にしようとする阿呆がいる。そんな奴らを追い返すのが、わしの稼業だ。言うなれば、人助け業かな。芝高輪界隈の用心棒というところだろう。秋山氏も先ほど聞かれたと思うが、悪党どもはわしのことを、ごて鮫と呼んでおる」

「しかし、先ほどのようなごろつきは別にして、強請たかりの中には腕の立つ侍などもおりましょう」

「まあな。だが、どんな相手でも腰の物を抜くまでのことはない。わしほどの達人になると、自然に備わった風格というか威圧感というか、そういうもので相手は尻尾を巻いて逃げ出してしまうのだよ」

「ほほう……」

右近は俯いて、笑いを抑えるのに苦労した。自分から「自然に備わった風格」なんぞと言う達人も珍しかろう。

「ところで、秋山氏は、何か用事の途中だったのかな」

「はあ。実は、品川まで人を訪ねて参ったのですが。折悪しく留守だったようで」

萬揉め事解決屋の右近の今回の仕事――それは、花川戸の甚兵衛という金貸しに頼まれて、五十両の借金を踏み倒した打出の弥八という男を捜しに来たのだった。

弥八は、ちょっと見は薄っぺらい色男で、年齢は二十七、八。博奕は打つ、押し借りはする、数人がかりで女をさらって手籠めにする、美人局で金を脅しとる――という極めつきのろくでなしであった。

しかし、最初に甚兵衛が貸した博奕の元手の五両は、期限までにきれいに返した。

それで何度か、貸して返しての取引をしている内に、貸し金が五十両にまで膨れ上がり、一月ほど前に、弥八は姿をくらましたのである。

行きがけの駄賃に、同棲していた女髪結いのお民が台所の下に貯めていた八両ばかりの金も奪ってゆくという、悪辣さだった。

弥八を捕まえたところで、どう考えても、五十両という大金を所持しているわけがない。

だが、金貸しが借金を踏み倒されて泣き寝入りしては稼業が成り立たないから、「見せしめのために、野郎の腕の一本も斬り落としてください」というのが、甚兵衛の依頼であった。

無論、右近は片腕斬りは断って、結局、弥八を見つけて甚兵衛の家まで引きずってゆくということで、依頼を受けたのである。

それが四日前のことだ。前金で五両、後金が五両の計十両の仕事である。

甚兵衛に引き渡した後で、弥八がどう料理されようと、それは右近の知ったことではない。

巷の噂や情報を掻き集めるのに早耳屋に金をばら撒いたり、自分から聞きこみをしたりしている内に、品川宿の平旅籠に下男として住みこんでいる奴が弥八らしいという手掛かりを得た。

それで、品川まで出張って見たのだが、これが、とんだ人違い。本物の弥八なら、項のところに、小豆大の黒子が一つあるはずなのだ。

こうして、虚しく家へ帰ろうとした右近に、因縁をふっかけて来たのが、あの間抜けな三人組だったのである。

「留守か。それは残念であったな」

鮫五郎は巨体に相応しい健啖家で、右近に大げさな兵法講義をしながら、次々に料理を平らげてゆく。

腹の調子も悪くないので、そろそろ切り上げようかと右近が考えていると、慌ただしく座敷へ近づいて来る足音があった。

「ごめんくださいまし。こちらに、古手川先生が……あ、先生っ」

若い商家の手代のような男が、廊下に両手をついて、

「ご歓談中、畏れ入ります」

「おう、相模屋の常吉さんじゃないか」

鮫五郎は暢気に楊枝を使いながら、

「なんぞ用かい」

「はあ。少しばかり厄介なお客が……」

右近の前では詳しく話したくないようで、歯切れの悪い常吉である。

「よし、わかった」

鮫五郎は大刀を手にして立ち上がり、

「秋山氏、馳走になった。急な用事ゆえ、これで失礼いたす」

「はい。また、ご縁がありましたら――」

礼儀正しく頭を下げた右近である。

「まあ、何か困ったことがあったら、倫那寺の離れに、わしを訪ねて来なさい。一万二万の軍勢なら、ちと持て余すが、ごろつきや昨今の軟弱な旗本どもなら、百人でも二百人でも朝飯前の古手川鮫五郎じゃ。ははは」

高笑いをした鮫五郎が、廊下を踏み鳴らして去ってゆく音を聞きながら、

「やれやれ……」右近は溜息をついた。

「あんな稼業が、いつまで続くことやら」
古手川鮫五郎――立派な体格で腕力握力も抜群のようだが、秋草右近の見るところ、隙だらけで剣の腕前は素人同然としか思えない仁なのである。

3

「何だ、お主はっ」

薬種商・相模屋の店内の上がり框で凄んでいた武士は、奥の方から出て来た古手川鮫五郎の巨軀を見て、ぎょっとしたような表情になった。が、すぐに虚勢を張って、

「我が高浜家は、関ヶ原以来の御家人である。今は、この屋の主人に掛け合い中だ。其の方の如き無頼浪人が、気安く顔を出すべき場所ではない」

「うむ。それはよく存じておる」

泰然として、鮫五郎は、主人の相模屋宗右衛門の脇へ座った。

「何だと」

家禄三十俵三人扶持の高浜小平太は、怒気を露わにする。相手が酒のにおいを漂わせているのも、気にくわない。

「先日、川崎大師への参詣の帰りに、この店で買い求めた天地丸を、のぼせや目眩に

苦しむ奥方に服用させたところ、逆に具合が悪くなった——そう言われるのだろう」

「そ、そうだ」

「この相模屋の天地丸は婦人の血の道に効能ありと、御府内でも有名な名薬だ。それを似非薬とか毒入り薬とか申されるのは、いささか言い過ぎでござろう」

「しかし、現に妻は具合を悪くして……」

「人の軀というものは百人百様、斗酒にも酔わぬ豪の者もおれば、三三九度の杯の酒にも目を回す者もいる。薬も同じで、たまたま、貴殿の奥方の軀が、天地丸と相性が悪かったのではあるまいか」

立て板に水で、すらすらと淀みなく抗弁する鮫五郎である。まだ三十前の小平太は、かっとなって、

「それは言い逃れというものだっ」

「いや、だから、最前より宗右衛門殿は、薬代の一包五十文が十包で二朱、それに奥方への見舞金一両を添えて、一両二朱をお渡ししたいと申している。それで御納得いただけまいか」

「一両二朱……何だ、それは。拙者を、物乞い扱い致すつもりかっ」

目論見よりも金額が少なすぎたのか、小平太は大刀をつかみ、顔を真っ赤にして立ち上がった。

「そんなつもりは毛頭無い。天地丸は滋養強壮の薬でもあるゆえ、この古手川鮫五郎も常々、服用しておるが――」

鮫五郎は、袂から取り出した寛永通宝を、右の親指と人差し指中指の間に立てて、

「ほれ、お陰で、この通り」

指先に力をこめた。驚いたことに、鉄製の一文銭が、ぐにゃりと二つ折りになる。

「あっ」

驚愕のあまり、小平太は土間に転げ落ちた。慌てて、大刀を抜き払う。小僧や番頭が、わっと逃げ出した。

「店の中で長いのを抜くとは感心せんな」

鮫五郎は土間へ降りて、そこにあった誰かの草履を突っかけながら、

「屋内では、短い脇差でないと取り回しが利かぬぞ」

自分は大刀の柄に手もかけずに、無造作に前に出る。

「むむ……」

小平太は大刀を構えたまま後退して、背中から通りへ出た。鮫五郎も通りへ出て、

「無理はせぬものだ。わしは先月も、廻り橋から入間川へ酔っ払いの御家人を放りこんでやったが、お主も高輪の海で土左衛門（どざえもん）になる覚悟は出来ておるか」

袱紗（ふくさ）に包んだ一両二朱を、御家人の足元に放ってやる。小平太は、ほんのちょっと

躊躇(ちゅうちょ)してから、

「くそっ」

素早く、その袱紗を拾った。そして、

「覚えておれっ」

そう言って納刀すると、足早に――いや、ほとんど駆け足で、立ち去ってゆく。逃走した、というべきか。

偶然だが、ごろつきの五郎八と同じ捨て台詞というのが、面白い。

「ふん……」

誰にも気づかれぬように、そっと吐息を洩らした鮫五郎が、ゆっくりと店の中に戻る。見る者が見れば、その太い襟足から背中の窪みにかけて、汗でどっぷりと濡れていると気づくであろう。

「古手川先生、ありがとうございましたっ」

宗右衛門は、抱きつかんばかりの喜びようである。

「さすがは先生、あれは、同じ手で薬種店を荒らし回っている札付きの御家人だそうで」

「そうだったのか」

常吉が大事に胸に抱いていた草履に履き替えて、鮫五郎は鷹揚(おうよう)に頷く。

「まあ、これに懲(こ)りて、二度と相模屋殿に迷惑をかけることはあるまいよ」

「先生は本当に、わたくしどもの守り神でございます。これは、些少ではございますが」

宗右衛門は、巨漢浪人の袂の中に、素早く紙に包んだものを入れる。

「うむ、うむ」

その重みから礼金は三両と踏んで、鮫五郎は満面に笑みを浮かべた。

「では、わしはこれで――」

4

徳川幕府公許の遊郭は、江戸では吉原だけである。

が、品川・内藤新宿・千住・板橋の四宿だけは、準公許として遊女屋を置くことが出来た。

中でも品川宿は、〈北の吉原・南の品川〉といわれるくらい栄えて、両者を比較する『吉原品川問答』とか『北国南国よそをひくらべ』とかいう本まで出版されるほどである。

十代将軍家治(いえはる)の時代の明和年間に、品川宿の遊女は五百人まで増やされたが、現在の遊女の総数は、その三倍ほどになるらしい。

さて——その遊女屋の中でも中くらいの格の〈上州屋〉という見世に、古手川鮫五郎の巨軀が入ってゆく。

「これは、先生。おこしなさいませ」

顔見知りの遣手婆ァのお松が、にんまりと笑って、

「ちょうど、ようございました。お遼ちゃんは空いてますよ」

「風呂は」

「勿論、沸いてます」

「よし」

若い衆に大刀と脇差しを預け、お松と若い衆に祝儀を渡してから、鮫五郎は内湯へ向かう。脱衣所で下帯もとって全裸になると、六畳ほどの広さの湯殿へ入り、桶で軀に湯をかけた。

枡形の湯槽は土台に半分埋めこまれて、周囲には簀の子が敷かれている。

鮫五郎は、その湯槽に、ざぶりと浸かった。巨体だから、かなりの量の湯が溢れた。鮫五郎は鍾馗髭が濡れるのにも構わず、肩まで浸かって、気持ちよさそうに目を閉じる。

湯殿の中には、白い湯気が朝靄のように漂っていた。

しばらくして、脱衣所の方から、

「先生、あたしよ」

若い女の声がした。

「おう」

鮫五郎が目を開けると、板戸を開いて、裸の女が入って来た。

この上州屋の遊女、お遼である。

背丈は並で痩せているが、胸と臀は豊かだ。手拭いで下腹部を隠している。

下ぶくれで、大きな目をした可愛い顔立ちである。童顔だが、もう二十二だった。

十代半ばで嫁になることが珍しくないこの時代の区分では、気の毒にも、〈年増〉と呼ばれる年齢である。

変わっているのは、髷(まげ)を結わずに、襟足のあたりで括(くく)って、その房を右の乳房の前に垂らしていることであった。

お遼は鮫五郎に背中を向けて、下腹部を洗ってから、湯槽の縁(ふち)を跨(また)いだ。秘処(ひめどころ)は、淡い恥毛に飾られている。

湯槽に入ると、お遼は、胡坐(あぐら)をかいた男の膝を跨いで、丸い臀を落とした。いわゆる対面座位の形だが、男のものは柔らかなままである。

「お遼……」

鮫五郎は、丸太のように太い腕で女を抱きしめると、その豊かな乳房に顔を伏せた。その頭を、お遼はやさしく撫でながら、耳元に囁(ささや)くように、

「先生。また、仕事をしたのね」

「うん……」

「怖かったの」

「怖かった、相模屋の店の中で刀を抜かれたんで、どうしようかと思ったよ」

まるで幼児のような甘え声で言う、豪傑先生であった。風格だの威圧感だのは、微塵もない。

「でも、追い払ったんでしょう」

「ああ、一文銭を指で曲げてやったんで、それで怖(お)じ気(け)づいたらしい」

「そう、良かったわね」

「あいつが、もし、向かって来たら……」

弱々しい声で、鮫五郎が言う。

そもそも、太い一文字眉と鍾馗髭を別にすれば、丸顔で目鼻立ちも優しげという、善人そのものの容貌なのだ。

自分の体重の三分の一もないような女にすがりついているこの姿こそ、古手川鮫五郎の偽りのない実態なのである。

「大丈夫よ。先生には、胡桃の殻を弾き飛ばす術もあるじゃない。百発百中の」

「あれは……子供の頃からの得意技だから。術というほどのものじゃない、宴席の座興みたいなもんだよ」

「いいえ。殻を相手の顔とか目に飛ばしてやったら、大抵の奴は、びっくりして逃げてしまうと思うわ。だから、大丈夫。心配しなくとも、次も何とかなるわよ」

「すまんな。こんな弱音を吐ける相手は、お前だけだ」

そう言って顔を上げた鮫五郎は、お遼の口を吸った。お遼も、情熱的にそれに応える。

互いの舌が、独立した生きものみたいに、相手の口腔の中を行き来した。

「ね、洗ってあげる」

「うむ」

お遼の腰を右腕だけで抱えたまま、鮫五郎は立ち上がった。湯槽を出ると、簀の子の上に俯せに寝そべる。

お遼は糠袋で、その巨体の隅々まで丁寧に洗ってやった。湯をかけてこすり出した垢を洗い流すと、鮫五郎は、ごろんと仰向けになる。

男の首筋から足の指先まで、お遼は愛情をこめて、洗った。裏と表を洗い終えるのに、半刻――一時間近くかかっている。

それから、お遼は、男の中心部に顔を伏せた。唇と舌と指を巧みに使う。

「ああ、お遼……お遼……」

さも快さげに、鮫五郎は呟く。

彼のものは臨戦状態になった。しかし、その巨体に反して、男の象徴は、いささか小ぶりである。

「先生……」

お遼は、仔猫が庭石によじ登るようにして鮫五郎の腰の上に上がり、すでに熱く濡れている女華に、男の象徴をあてがった。臀を下ろす。

「むむ……」

熱い秘肉に呑みこまれる感覚に、鮫五郎は呻いた。

男の分厚い胸板に両手をつくと、お遼は、ゆっくりと臀を蠢かす。濡れた粘膜と粘膜のこすれ合う、秘めやかな音がした。

荒々しさのない、穏やかな交合であった。

お遼も、小鼻を膨らませ、口を半開きにして、喘ぐ。小さな桃色の舌先が、しきりに唇を舐める。

お遼の動きが速くなった。鮫五郎の腰が踊るように跳ねると、お遼は小さく叫んで、男の胸にしがみついた。

丸い臀の双丘に、ひくひくと痙攣が走り、二人の全身から緊張が溶け落ちた。

深い満足感を覚えて、うっとりとしているお遼の髪の位置がずれて、隠されていた右の耳が露わになっている。その耳は、耳朶が無かった。何かの動物に喰い千切られたように、傷口が塞がった痕がある。

鮫五郎が頭を擡げて、その右耳に愛しげに唇をつけると、

「うふ、ふふ……」

お遼は、くすぐったそうに甘い含み笑いをする。

5

古手川鮫五郎――本名は、為五郎という。

遠州佐野郡の富裕な地主の三男坊である。父親は名字帯刀を許されており、四十代半ばで隠居して、長男に家督を譲った。

次男は、番頭的な役割で長男の仕事を助けていたが、年の離れた末っ子である為五郎は、小さい時から両親に甘やかされて育っていた。

体格が良くて腕力が強いから、十五の時から掛川の剣術道場に通ってみたが、全くものにならなかった。

何しろ、兄弟子と立ち合って睨まれただけで、為五郎、それだけで膝が震え出してしまう。鋭い気合を浴びせられでもすると、腰を抜かしてしまうという体たらく。何とか立ち上がっても、二、三本打ちこまれると、木刀を捨てて道場の隅へ逃げ出すのだから、お話にならない。

だが、悪い仲間が出来て、飲む打つ買うの遊びの味だけは、しっかりと覚えてしまった為五郎である。

長兄に小遣いをせびるだけでは到底足りず、博奕場（ばくちば）の借りを精算するために、ついに土地の権利書を持ち出し、これが発覚して大騒動になったのが、二十一の時。

長兄に散々に折檻（せっかん）された為五郎は、兄嫁と次兄の取りなしで、ようやく許されて、それから十年近くは大人しく、畑仕事に精を出していた。

ところが、兄嫁の実家への届け物で掛川へ行った時、つい遊女屋に入ってしまった。その時の敵娼（あいかた）のお種（たね）に一目惚れして、無理に用事を作っての掛川通い、とうとう身請け約束までしたのである。

身請け金の六十両、為五郎に都合のつくはずもなく、結局、兄の手文庫（てぶんこ）から四十両を持ち出した。そして、お種を足抜きさせると、武士の身形（みなり）になって江戸へ向かった。

だが、最初の宿泊地の藤枝（ふじえだ）で、お種は姿を消してしまった。為五郎の金を残らず持ち去ってだ。

無論、為五郎は知らなかったが、お種には又六という間夫がいて、その男と行方をくらましたのである。

十両盗めば首が飛ぶというのに実家から四十両もの大金を盗み出し、さらに遊女の足抜きまでやらかした挙げ句、女に逃げられて一文無し、全く良いところがない。

掛川の町奉行所の手先と遊女屋、その両方から追われる身となった為五郎は、焼津宿の北にある高草山へ逃げこんだ。そして、山中で飢死しかかったところを炭焼きの久兵衛という老爺に助けられ、丸二年間、炭焼きの手伝いをして暮らしたのである。

今年の春、病気で寝こんだ久兵衛を、為五郎は一生懸命看病した。それに感謝した久兵衛は、息を引き取る直前に、銭を貯めた瓶を埋めた場所を彼に教えた。

掘り返して見ると、瓶の中身は一両足らずであったが、為五郎はこれを江戸への旅費にすることにした。しまっておいた武士装束を取り出し、面倒なので伸びた髭もそのままで、東海道を東へ向かったのである。

倹約に倹約を重ねたつもりだったが、戸塚で所持金を使い果たしてしまい、水っ腹の為五郎が、紅葉の名所として有名な海晏寺の近くまで来たのが、もう夜更け。

ふと押し殺した人の声を耳にして、路地の奥を覗きこむと、手拭いを盗人かぶりにした男が、匕首を抜いてまさに老僧を刺し殺そうとしているところだった。

「な、何をしているっ」

思わず叫んだ為五郎のその声は、落ち着いて聞けば震えていたはずだが、盗人かぶりの男も気が動転していたのだろう。

常夜灯の明かりを横から浴びて、鍾馗髭を垂らした巨漢の浪人と見た瞬間、「あっ」と叫んで慌てて逃げ出した。

土下座せんばかりにして礼を述べた老僧は、高輪の倫那寺の住職の芳念で、「これぞ鮫頭観世音の御加護じゃ」と喜んだ。これを聞いた為五郎、芳念に名を問われて、つい、「古手川為…いや、鮫五郎と申す」と言ってしまったのである。

こうして、外見だけは豪傑剣客の古手川為五郎改めの鮫五郎は、芳念に乞われて、倫那寺の離れに寄宿することになった。そして、その立派な外見を存分に活かして、用心棒稼業の道を邁進することになったのである。

町の人々から豪傑扱いされるのは、何とも気持ちが良い。しかし、その一方で、薄氷を踏むような気分の毎日であった。

古手川鮫五郎の見かけに恐れをなして、相手が尻尾を巻いてくれれば良いが、いつかは、刀を抜いて向かって来る奴がいるのではないか。そうなったら、偽豪傑の先生は、おしまいである。

叩きのめされて大恥を掻くくらいなら、まだ良いが、ひょっとしたら手足を斬り落とされたり、命を取られるかも知れない。

その不安を忘れるために、鮫五郎は、名妓と評判の上州屋のお結を買うことにした。

しかし、遣手婆ァのお松は、鮫五郎の巨軀を見て、大事な遊女を乗り潰されては大変と、

「お結は風邪気味で寝てますから、とびっきりの新顔をつけましょう」と言った。

その時、鮫五郎の敵娼になったのが、お遼である。新顔は新顔だが、「とびっきり」というのは大嘘で、お遼は陰気で客がつかず、見世でも持て余している妓だった。

お遼は「あたしみたいなのより、もっと愛想の良い若い子に代わって貰いましょうか」と言ったが、鮫五郎は気にしなかった。髷を結わずに、右胸の前に髪の房を長く垂らしている理由も尋ねない。

妓にも好きな料理を取り寄せさせて、鮫五郎は四方山話をしながら、お遼の酌で徳利を空けてゆく。そんな気取りのない彼の態度に、お遼も少しずつ打ち解けて、わずかながら笑みさえ見せるようになった。

が、お床入りの肌襦袢姿になると、また、お遼の表情が堅くなって、「ねえ、常夜行灯を消してもいいでしょ」と言う。「その最中に、こんなのが見えたら、興ざめだろうから……」と髪の房を持ち上げて、右の耳を見せた。

それを見た鮫五郎は何も聞かずに、ごく自然に耳朶のない耳に唇を押し当てて、「痛かったろう、大変だったな」と言ったのである。

お遼は少しの間、呆然としていたが、急に男の太い首に腕をまわすと、「抱いて、早く抱いて」とせがんだ。そして、行灯の明かりの中で、別人のように情熱的になって、燃え狂ったのだ。

鮫五郎が俯せになって事後の一服をつけていると、お遼は、その広い背中のあちこちに頬ずりをしながら、自分の過去を話した——。

豊島郡巣鴨村の真性寺の花屋の娘に生まれたお遼は、十五歳で行儀見習いに出た旗本屋敷で、渡り中間の徳治という男に惚れてしまった。徳治に身をまかせて、それが発覚して屋敷を追い出されると、二人は神田の裏長屋に所帯を持った。

しかし、半年とたたない内に、徳治は博奕で作った借金のために、お遼を根津の岡場所へ売り飛ばした。

ようやく前借りを返して年季が明けたのは、お遼が二十の時。いまさら実家へも帰れないので、借金無しの場所借り遊女として働いていたお遼を口説いたのが、三次郎という客だ。

見かけは優男で、金回りも良さそうだったので、お遼は一緒に暮らすことを承知した。

だが、小石川に所帯を持ったこの男も、やはり徳治と同じ博奕好きのろくでなしだった。しかも、三次郎は、行為の最中に女の肉体に歯を立てないと満足できないという倒錯者でもあったのだ。

そのため、お遼の軀は歯形だらけになってしまった。さらに、ある晩、背後から責めながら興奮しきった三次郎は、お遼の右耳を噛み千切ってしまったのである。傷口が完全に塞がるのに、半月もかかった。

その上、三次郎は、お遼の軀を散々に嬲り尽くすと、あっさりと女衒に売り飛ばしたのである。

そして、女衒に味見されたお遼は、昨年の秋に、品川の上州屋へと売られたのだった……。

「あたし……こんなこと他人に話したの、初めて。ご浪人さんは、優しいわよね。本当に優しい人よね」

そう言ってすがりつくお遼に、鮫五郎は笑って、「さあて、優しいかも知れんが、わしは見かけ倒しだよ」と言った。そして、自分が豪傑の仮面をかぶった弱虫だとも打ち明けたのである。

すると、お遼は「大丈夫よ、ご浪人さん。腕力は本当にあるんだから、刀を抜かないようにすれば、誰にもわからないわ」と断言した。そして、豪傑先生を続けるための様々な策を鮫五郎に授けたのである。

お遼は、根津権現の岡場所で喧嘩自慢の職人やごろつきを大勢相手にしてきたので、自然と、はったりの方法に詳しくなっていた。

胡桃を持ち歩いて鳴らしたり、握り潰して欠片を指で弾くというのも、お遼の発案である。三本の指だけで一文銭を曲げるデモンストレーションも、そうであった。

舌先三寸で相手を威圧する立て板に水の口上も、お遼が考えたものである。

お遼という軍師を得て、古手川鮫五郎の豪傑先生としての名声は、鰻上りとなった。

面白いことに、鮫五郎の人気に連動するように、愛想の良くなったお遼も、次第に売れっ子になったのである。

そして、金ばなれの良い鮫五郎は、お遼の上客として上州屋でも特別扱いを受け、湯殿を独占しても良いことになっている……。

「今度は、わしの番だ」

むっくりと起き上がった鮫五郎は、お遼の軀を簀の子に横たえると、その下腹部に湯をかけて、丁寧に洗った。

そして、半刻もかけて、女の耳の孔から足の指の一本一本までも、太い指に似合わぬ細やかな手つきで宝物のように洗い浄める。

それから、充血している女の園へ口を押し当てた。お遼が「もう、もう……」と堪えきれなくなるまで、舌を駆使する。

簀の子に両手と両膝をつかせると、鮫五郎は片膝立ちになって、背後からお遼を貫いた。二度目なので、長く続く。

　やがて、お遼は「好き、先生、大好きっ」と叫んで、気を失ってしまう……。

6

「何だ。昨日、そんなことがあったのか。たかが浪人づれに恐れをなして引き下がるとは、お主らしくないぞ、小平太」

　そう言ったのは、同じ御家人仲間で役職に就いていない小普請組だが、高浜小平太より少し上の五十俵三人扶持、緒方政之助(おがたまさのすけ)という男。

　小平太より一つ年下だが、悪さにかけては遥かに上で、商家への強請(ゆすり)たかりどころか、辻斬りでも強盗でも平気でやってのけようという奴だ。

　その無法無頼な暴れっぷりから、ごろつきたちからも〈御家人政(ごけにんまさ)〉とか〈御家政(ごけまさ)〉とか呼ばれて怖れられている。

　世間では、よく不良旗本の悪事が話題になるが、生活の苦しさという点では、御目見得以下の御家人の方が段違いにひどい。

　それでも、ほとんどの御家人は、家族中で内職をして何とか慎ましく暮らしている。

　秋草右近の実家も、そうであった。

だが、中には高浜小平太や緒方政之助のように、とんでもない犯罪者になって、好き勝手に生きている御家人もいるのだ。

「お主は、そう言うが、何しろ相手は寛永通宝を指で曲げるほどの化物だ。あとで聞いたのだが、あの界隈では、ごて鮫と呼ばれている奴らしい」

「鮫だか鯨だか知らんが、その蒲鉾野郎は、如何様をしたんだ。人間業で、そんなことが出来るものか。奥山の見世物と一緒で、その一文銭に種も仕掛けもあるんだよ」

「そうかなあ」

秋草右近が豪傑先生に助けられた翌日の夜——小平太と政之助の二人が飲んでいるのは、上野池之端町の料理茶屋〈三崎〉の二階座敷である。

「まあ、今日はお主の快気祝いだ。さあ、飲んでくれ」

頑丈そうな軀つきの政之助に酌をしてやる、小平太だ。

この料理茶屋の支払いは、とりあえず、鮫五郎が放ってよこした一両二朱で足りるだろう。

もしも、少しでも店の者に落ち度があれば、ごねて払わないという手もある。うまく行けば、幾らか脅し取れよう。

「それにしても、夏風邪くらいで十日も寝こむとは、我ながらだらしが無い」

「足腰がふらつくまで、飲み過ぎるからだよ。酔って堀割に落ちるなんて」

「いや……」

政之助は、急に真面目な顔つきになって、

「これは恥になるから、お主にも黙っていたんだが」

「何だ、水くさい。お主と俺の間で、隠し事とは。同じ座敷で布倶里(ふぐり)の裏まで見せ合って遊女買いした仲ではないか」

「うむ……俺は、酔って堀割に落ちたんじゃなくてな。実は、橋の上から川に投げこまれたんだ」

「何っ」小平太は身を乗り出して、

「相手は、どこのどいつだ。どうして、仕返しをせんのだ。俺なら、いつでも加勢するぞっ」

「面目ないことに、仕返ししようにも、相手がわからん」

「わからぬとは……」

「あの夜……宗光寺の前の居酒屋で飲んでから、入間川沿いに川風に吹かれながら歩いて、廻り橋を渡っていると、ちょっと粋な年増が歩いていてな。乙(おつ)な気分になったんで、一軒だけ付き合えと女の手をとって引っ張っていたら、いきなり、背後から襟首をつかまれた」

「……」

「それから、『そこで酔いを覚ませっ』という声と一緒に、川へ投げこまれたんだ。こっちは溺れないようにするのが精一杯で、相手の顔を見る余裕なぞなかったんだ。月も雲に隠れていたし……。しかし、この俺を子供みたいに軽々と持ち上げやがったからな。きっと大男だろう、恐ろしい腕力だったよ」

「政之助……入間川の廻り橋、それに間違いないのだな」

小平太は、考えこむ顔つきになる。

「おう。それがどうした」

「身分を明かしたか」

「女に向かって、御家人と思って侮る(あなど)か——とは言ったが……」

「それは、ごて鮫だ」

「何だとっ」

今度は、政之助が、驚いて身を乗り出す番だった。

「なぜ、わかるっ」

「先月、廻り橋から入間川へ酔った御家人を放りこんだ——と奴は俺に自慢してた。偶然で、ここまで一致はするまい。しかも、ごて鮫は一文銭を曲げるほどの怪力の大男だ」

「ううむ」

政之助は腕組みをした。

「やるか」と小平太。

「仇討ちなら、俺も手を貸すぞ」

「無論、仇討ちはする……が、相手は手強いな」

「そうなんだ。かなり手強い」

二人とも、むっつりと考えこむ。お遼を軍師とした古手川鮫五郎の豪傑伝説は、これほどに成功していたのである。

政之助は、一文銭曲げは如何様だと断言したくせに、自分を持ち上げて放り投げた腕力を思い出すと、うかつに正面から斬り合うわけにはいかない――と思っていた。

「あの怪力で撃ちこまれたら、こちらの刀が折れるかも知れん」

「二人だけでは……もう少し、加勢が欲しいな」

小平太がそう言った時、

「へへへ、へ」

障子の向こうから、笑い声が聞こえた。

「誰だっ」

思わず、政之助が大刀を摑んで片膝を立てると、障子がするりと開く。

廊下に両手をついたのは、一目で遊び人とわかる二十代後半の男。細面の色男だが、目つきがどうにも卑しい。

「どうも、失礼いたしました」

「何だ、六蔵か」政之助は座り直した。

「立ち聞きとは無礼な奴だ」

「いえ、いえ。この六蔵、旦那方のお力になれそうですぜ」

「どういう意味だ」

小平太が、眉をひそめる。六蔵と呼ばれた男は、するりと座敷へ入って、障子を閉めると、

「助っ人屋というのを、ご存じですか」

「知らぬ。なんだ、それは」

これは政之助の問いだ。

「関八州じゃあ、渡世人が縄張り争いか何かで喧嘩になった時、金で加勢を雇うことがあります。それを稼業にしているのが、助っ人屋でさあ」

「なるほど」

政之助が酒を注いでやると、六蔵は頭を下げて、

「畏れ入ります。で、実は、関八州でも名高い助っ人屋の狂夫四人衆が今、江戸へ来てるんですよ。訳ありでしてね」

「ほほう、えらく派手な渡世名だな。そいつらは強いのか」

「上州であった喧嘩ですが、奴ら四人だけで十五人の敵を相手にして、ほとんどを斬り倒したという話ですよ」

「話半分としても、大したものだ」

「そうですとも。狂夫という異名は、喧嘩場で四人衆の姿を見ただけで、恐怖のあまり気が触れちまった奴がいたからだそうで」

「ふうむ」

政之助と小平太は、顔を見合わせる。

六蔵は、小ずるい表情になって、

「どうです、旦那方」

「これから、狂夫四人衆をご紹介しましょうか。なに、助っ人料の交渉は、この六蔵にお任せを。格安で話をつけまさあ」

7

「蚊遣り木でも燃やさないと、堪らねえな。どうだい、この藪蚊の多さは」

「裏に藪があるんだから、仕方ねえさ」

狂夫四人衆の唐松と杉徳が言う。楡吉と樫治郎は、燭台の蠟燭の明かりに照らされて、黙って濁酒を飲んでいた。

東叡山寛永寺と金竜山浅草寺の間には、夥しい数の寺院があるが、中には無住の荒れ寺もある。四人がいるのは、そんな廃屋の一つで、元は本堂だった広い板の間だ。須弥壇こそ残っているものの、ご本尊は無い。とっくに売り飛ばされたのだろう。

裏稼業の彼らは、密告される虞があるから、正規の旅籠に泊まるのが難しいのである。

四人衆は動きやすいように、着物の裾を臀端折りにして、白い川並を穿いていた。得物は勿論、長脇差だ。

「樫兄ィ」

楡吉は一升徳利を傾けて、樫治郎の罅割れ茶碗に濁酒を注ぎながら、

「あの六蔵って野郎は、信用できるのか。必ず、仕事を見つけてきてやるなんて、調子の良いことを言いやがって」

「ふふ。前に、俺が江戸へ来た時に、中間部屋の賭場で奴が袋叩きになりかけたのを助けてやったことがある。その時の恩返しがしたいんだとよ」

そう言って、樫治郎は茶碗の濁酒を飲み干した。すると、唐松が脇から、

「しかし、兄貴。お江戸の中じゃ、渡世人同士の喧嘩なんかあるわけねえ。すると、

六蔵のいう仕事ってのは、何だろう」

「六蔵ってのが、本当の名前かどうか……あいつは、色んな名前を持っていやがるからな。やたらに顔が広い。まあ、俺たちにやらせる仕事といえば、どうせ、誰かの息の根を止めることだろうよ」

「新任の八州廻りが矢鱈(やたら)と張り切ってやがるから、しばらくは、上州でも野州でも喧嘩(でいり)はねえ。まあ、とにかく、兄貴の言う通り、六蔵って野郎の知らせを待ってみようじゃねえか」

宥めるように杉徳が言った時、樫治郎が、いきなり蠟燭を吹き消した。途端に、廃屋の本堂は暗闇に呑みこまれる。

「兄貴……?」

「誰か来る」

押し殺した声で、樫治郎が言う。

「六蔵じゃありませんか」

唐松の言葉に、樫治郎は長脇差を胸元に引きつけながら、

「奴とは違う足音だ」

頭目格の樫治郎がそう言う以上、議論の余地はない。他の三人も、いつでも長脇差を抜けるように構えた。

か細い月の光と星明かりに雑草の生い茂る参道を透かして見ると、ひたひたと近づいて来たのは、猟師のような格好をした小柄な男であった。

伊賀袴(いがばかま)をつけたその男は、本堂の四間ほど手前で立ち止まって、

「おい、そこを出ろ」

家の中に入りこんだ犬か猫にでも言うように、命令口調で言った。

思わず顔を見合わせた四人は、かっとなって本堂から外へ飛び出す。素早く、その男の周りを取り囲んで、退路を断つと、

「何だ、何だ、てめえはっ」

「俺たちを誰だと思ってやがるっ」

「人を見てものを言わねえと、ぶち殺すぞっ」

唐松たちが口々に喚くのを、真夏だというのに毛皮の胴衣を着た男は、黙って見つめている。頭は、雀でも隠れていそうな乱れ放題の蓬髪(ほうはつ)であった。

年齢は、よくわからない。四十近くにも見えるし、二十歳を過ぎたばかりのようにも見える。

「この狂夫四人衆に、外へ出ろと言ったのは、どういう訳だ。言ってみろ」

樫治郎が問い質(ただ)した。

「その本堂を今夜の塒(ねぐら)にするためだ」

「な、何だと……」

　さすがの樫治郎も、怒りのあまり満面に朱を濺いだようになる。さっと長脇差を引き抜いて、

「どこの山から下りてきた獣物か知らねえが、助っ人稼業の狂夫四人衆にそんな舐めた口をきいたらどうなるか、たっぷり教えてやる。おい、唐松！」

「へいっ」

　待ってましたとばかりに、男の右側にいた唐松が、斬りかかった。男の右腕を狙ったのは、一撃で即死させずに、時間をかけて切り刻むためである。

　さすがに助っ人を仕事にしているだけあって、無駄のない鮮やかな動きであった。

が、その長脇差は、がっと青白い火花を散らして、受け止められた。

「うっ⁉」

　いつの間にか、男が右手に鎌を握っていたのである。

　柄の長さが一尺二寸、鎌刃の長さが八寸ほどの大きめの鎌で、柄の頭に長さ二間の鎖分銅が付けられていた。

　いわゆる、鎖鎌であった。

　鎌の内側で唐松の一撃を受け止めた男は、手首を返して長脇差を押さえつけ、唐松の軀を前のめりに泳がせる。そして、その伸びきった首筋を、鎌で薙いだ。

「うぇ………っ」

信じられないという表情で、喉笛から血を噴きながら、唐松は横倒しになった。びくん、びくんっ、と手足を痙攣させる。

「唐松っ！」

「野郎っ」

仲間を殺られた三人は、咆吼をあげて男に斬りかかった。

しかし、

「ぐへぇっ」

いきなり、背後から飛んで来た鎖分銅が首に巻きついて、樫治郎は、急停止した。

杉徳と楡吉が、そちらに気を取られた瞬間、唐松を殺した男の鎖分銅が飛んだ。

「がっ………」

分銅が眉間に命中した杉徳は、白目を剝いて倒れた。頭蓋骨の急所を粉砕されて、即死したのである。

「て、てめえたちは、一体……」

楡吉は喘ぎながら、唐松たちを殺した男と、樫治郎の背後にいる男の両方を、交互に見る。

二人とも鎖鎌遣いで、全く同じ姿形をしていた。双子であろう。

「俺は右平だ」

樫治郎の前の男が言った。

「俺は左平よ」

樫治郎の背後の男が言う。

右平が参道を堂々と歩いている間に、左平の方は気配を断って、本堂の軒下に潜んでいたのだった。

「さて、と」

右平は、鎖分銅を投げつけて、楡吉の長脇差に絡みつかせた。

「うっ」

奪われまいと、反射的に、楡吉は長脇差を手前に引く。

その瞬間、右平は敵の懐に飛びこんで、鎌刃で楡吉の喉元から下腹部まで縦一文字に斬り割った。

「お…おおお、おォ………?」

己れの臓腑が大量の血とともに足元に流れ落ちるのを見た楡吉は、心の臓が停止してしまう。

内臓の浮かぶ血溜まりの中へ、楡吉は顔から倒れこんで、そのまま動かなくなった。

「う、ううっ……」

三人の仲間を殺された樫治郎は何か言おうとしたが、背後から左平がぎりぎりと鎖を引き絞っているので、声が出ない。

長脇差を放り出して、両手で巻きついた鎖を緩めようとしたが、指先が鎖の間に入っていかないのだ。

左平は、その鎖を、ぐいっと大きく引いた。樫治郎は仰けぞって、仰向けに地面に倒れた。

その左胸に、左平は、止めの鎌刃を叩きこむ。

「……………」

喉の奥から、かすかな笛のような悲鳴を洩らして、樫治郎は死んだ。

右平と左平は、死者の衣服で鎌刃の血脂を拭うと、それを折り畳んで柄の中に収納する。そして、帯の後ろに納めた。

「これで、屋根のある場所でゆっくり眠れるな、左平」

「うむ。野宿の夜露は軀に毒だからのう、右平」

たったそれだけの理由で、この二人は、何の恨みもない狂夫四人衆を挑発して惨殺したのだった。

「全く、八州廻りに気合を入れて仕事をされると、わしらの商売はあがったりじゃ……」

　ふと、右平が崩れた山門の方を見て、

「おい、左平」

「誰か来たようだな、右平」

　左平も、そちらの方を見る。

　三崎という屋号の入った提灯が、こちらへ近づいて来る。その提灯を手にしている
のは町人で、その後ろに二人の武士がいた。

「そこにいるのは、誰だい。樫治郎兄貴の知り合いか」

　声をかけた町人は、緒方政之助と高浜小平太をここまで案内して来た、六蔵である。

「樫治郎とかいう奴らは、くたばった」

　あっさりと、右平が言った。樫治郎の名前を口にしたことによって、相手が堅気で
はなく、自分たちと同じように暗黒街の住人とわかったからだろう。

「な、何……？」

　その時になって、ようやく、六蔵たちは血臭と死骸の転がる惨状に気づいた。

「死んでる！　四人とも死んでるっ」

　小娘のような悲鳴を上げて、六蔵は腰を抜かしてしまう。

　政之助は、さすがに大刀の柄に手をかけて、

「この四人を倒したのは、其の方たちかっ」

「まあな」

面倒そうに、左平が答えた。右平は、先に本堂へ上がっている。

「待て、待て。二人だけで腕利きの助っ人屋四人を倒したということは、其の方たちも助っ人屋なのか」

これは、小平太の質問だ。

「違う。俺たちは、闇討ち屋だ」と左平。

「いや、江戸では死客人と呼ぶのだったな。死客人、蟷螂兄弟という」

それから、右平の後に続いて本堂へ上がりながら、

「誰か始末したい奴がいるなら、引き受けるぞ。ただし、一殺二十両でな――」

8

翌日の午後――体調万全の秋草右近が、高輪にある倫那寺の離れを訪れると、古手川鮫五郎は入口に背を向けて寝そべっていた。

「やあ、古手川先生。お昼寝ですか」

一升徳利を下げてきた右近が、半分からかい気味にそう声をかけると、鮫五郎は、のっそりと身を起こす。

こちらを向いた鮫五郎の顔は、

「お……どうしました」

右近が驚くほど、精気がない。半分死んでいるような顔つきである。見事な鍾馗髭さえ萎(しお)れているみたいだ。

「秋山氏か。よく来てくれた」

がっくりと肩を落として、

「これが、今生の別れになるだろう」

離れ座敷は六畳間で、寺男が掃除をしてくれるのか、小ぎれいになっている。柱から吊した竹筒には、梔子(くちなし)が一輪、挿してあった。

「何やら深刻なお話のようですな」

六畳間へ上がった右近は、右脇に鉄刀を置くと、放り出してある湯呑みを見つけた。それに酒を注いで、

「まずは、気つけに一杯」

湯呑みを渡すと、鮫五郎は飲むというよりも、一気に喉の奥へ放りこむようにする。

「ぷはァっ」

「落ち着きましたかな」

「うむ……これを見てくれ」

鮫五郎は、左封じの文(ふみ)を右近に手渡す。

「ほほう、左封じとは古風な。果たし状ですか」

ついに豪傑先生の化けの皮が剝がれる時が来たな――と思いながら、右近は中身を読む。すると、次第に、その顔が引き締まって、

「明日の夜明け、場所は鈴ケ森(すずがもり)の浜辺か。相手は御家人が二人ねえ。この高浜小平太という方を、先生が追い払ったのですな」

「うむ。一文銭で」

「一文銭……？」

鮫五郎は、袂の中から寛永通宝をつまみ出すと、右近の目の前にかざした。

ぐっ……と曲げてしまう。

「これは驚いた、凄い金剛力だ」

嘘偽りなく、右近は言った。

青竹の節を握り潰せる右近の握力からすれば、この一文銭曲げも不可能ではないだろう。しかし、鮫五郎のように無造作には出来まい。

（この先生……実は腕力だけなら、俺よりも上なのではないか）

しかし、相撲のような素手の格闘技(やとう)だって、腕力だけで必ずしも勝てるわけではない。まして、刀を抜いての命の遣り取りは、腕力よりも技量よりも、心構えこそが最

も重要なのである。

青竹を芯にして藁を巻いて濡らしたものが、模擬人体として試し斬りに使用される。この巻き藁五本を抜く手も見せずに斬り落とすような名人といえども、実戦の場で怯えれば、命を捨てて出刃包丁で突きかかった町人に殺されることもありえるのだ。

まして、偽豪傑の古手川鮫五郎先生は、刀を構えた二人の御家人と対峙しただけで、腰を抜かして失禁してしまうのではないか。

「先生。この緒方政之助という奴の〈廻り橋の遺恨〉というのは……」

「あ、それは間違いだ。先方の誤解なのだっ」

慌てて、鮫五郎は言う。

「わしは、つい調子に乗ってなあ。高浜小平太に、廻り橋から酔った御家人を川へ放りこんでやった――と自慢したが、それは事実ではない。本当は、橋の袂に屋台を出していた夜泣き蕎麦屋の親爺が、その現場の一部始終を見ていてな。その話を親爺から聞いて、わしの武勇談のように話しただけなのだ」

「なるほど、なるほど」

「そいつを投げこんだのは大男の浪人だったというし、月も雲に隠れていたから、緒方の方も、投げこんだ奴の顔を見ていないと思ったのだよ。今さら、秋山氏を相手に、こんなことを弁解してても始まらないが」

「ふむ、ふむ」

右近は再び、文に目を落として、

「御家人と浪人者との果たし合いに、立会人が六蔵という町人というのも不思議な話だ。それはともかく……この左平右平兄弟という加勢の者は、何でしょう」

「それも問題だ、いや、大問題だ。そいつらは、闇討ち屋なのだ」

「ああ。西の方では死客人をそう呼ぶのですね。金を貰って見も知らぬ相手を殺すという殺し屋とか」

「昔、炭焼きの久兵衛爺さんに聞いたことがある。木曾の猟師の倅で、双子の蟷螂兄弟という闇討ち屋がいる、と。鎖鎌を遣って、熊でも倒すそうじゃ」

「札付きの御家人二人に、凄腕の死客人兄弟ですか。これだけ立派な雁首が揃うと、先生も、久方ぶりに腕の振るい甲斐があるというものですなあ」

我ながら人が悪い——と思いつつ、右近が軽口を叩くと、

「う、うむ……」

しょんぼりとしてしまう、鮫五郎である。さすがに、右近は、少しばかり気の毒になって来た。

「先生。有象無象を相手に無用の血を流したくないというお心であれば、このまま黙って旅に出るという手もございますが」

早く言えば、「命が惜しかったら、さっさと逃げろ」ということである。

「それは考えた、考えたが……それならば連れて行きたい、いや、どうしても連れて行かねばならぬ女がいるのだ。遊女屋の妓(おんな)だが」

「……」

「今すぐ身請けできるほどの金はない。足抜きさせるのも、嫌だ。気の毒な女だ、苦労を重ねて来た女なのだ。わしに出来るものなら、是非ともお遼を幸せにしてやりたい。そのためには、真っ当な身請けでなければ」

「……惚れておられる」

「大事な女だ。わしの命と引きかえにしても良いと思うくらいに」

正座までして、情熱的に語る鮫五郎である。涙ぐんですらいた。

右近は、そっと吐息を洩らして、立ち上がった。竹筒の一輪挿しを抜き取って、

「先生。これをこう、手に持っていてください」

「ん……？」

「そのまま。動かさずに」

右近は少し退がって、右膝を立てた。

脇差の柄に手をかけたと見るや、銀光が一閃する。ばちり、と鐔音高く納刀した。

「今、何を……」

　その時、黄色みを帯びた白い梔子の花が、ぽろりと畳の上に落ちた。しかも、その花が、さらに真ん中から二つに割れる。

「ひゃあっ」

　鮫五郎は、梔子の枝を放り出して、引っ繰り返りそうになった。彼の目には一振りの軌跡すら見えなかった右近の脇差は、実は二度振られていたのである。

「こ、これは、秋山氏……」

「お粗末でした」右近、大げさに頭を下げて、

「古手川先生のお腕前からすれば、児戯（じぎ）に等しき業（わざ）でございましょうが、この秋草……いや、秋山左近、この程度の腕は持っております。如何（いかが）でしょうか、拙者に、明日の果たし合いの加勢をさせていただきたい。先日のお礼代わりと申しては、何ですが」

「う〜〜む」

　丸顔の古手川鮫五郎、右近の四角い顔を穴の開くほど見つめていたが、

「よしっ、許可しよう！」

　ばんっ、と右近の肩を叩く。さすがの右近も顔をしかめる力だった。

　黒雲が切れて太陽が顔を出したように、鮫五郎は、にわかに明るく陽気な表情になっている。どっかりと胡座をかいて、

「ははは。能ある鷹は爪を隠すとか。わしには到底及ばぬにせよ、なかなか筋が良い。秋山氏、先日は暑気あたりか何かで、軀の具合でも悪かったかな」

「はあ、まあ……」

「正直なところ、わしはもう、人を斬るのに飽いたでのう。心配をかけたかも知らんが、また新しい卒塔婆が立つかと思うと、少しばかり気が重くなっておったのだよ」

　生気を取り戻して、やけに舌の回転も滑らかになった鮫五郎先生である。余裕たっぷりに、鍾馗髭を扱きながら、

「これも、修行だ。まず、秋山氏が彼奴らの相手をしてごらん。いや、心配はいらない、わしという者が、お主の背後に控えている。危なくなったら、すぐに加勢をしてやろう」

　いつの間にか、当事者と助っ人の立場が逆転しているのであった。

「どうも、ありがとうございます」

　仕方なく頭を下げる右近は、何か割り切れない表情である。

「大船に乗った気で、任せておきなさい。わははは」

　復活した鮫五郎先生は豪傑笑いをして、

「よし、飲もう。明日のために、飲むのだ。今、見習いの小坊主に頼んで、何か肴を用意させる。精進料理では、どうも気勢が上がらんな。刺身でも買ってこさせるか」

「はあ……」

調子に乗って、いささか暴走気味の古手川鮫五郎を見て、加勢を申し出たことを少しだけ後悔する秋草右近であった。

9

前に述べた遊郭と同じように、江戸には南北二つの処刑場があった。吉原遊郭の北東にある小塚原（こづかっぱら）刑場と品川宿の南西の鈴ヶ森刑場である。

小塚原は奥州街道の出入り口に、鈴ヶ森は東海道の出入り口にあたるから、見せしめとしての効果は抜群だ。

が、男性の最大の娯楽地帯に刑場を隣接させる本当の理由は、飴（あめ）と鞭（むち）を並べるという幕府の巧妙な治安維持政策であろう。

吉原遊郭では、風向きによっては、小塚原に晒された生首の腐臭が漂って来て、大いに閉口したという。

鈴ヶ森刑場の方は、品川宿から三町ほど先にある松林に囲まれた荒地だった。間口四十間、奥行が九間で、由比正雪事件の丸橋忠弥や天一坊事件の一味などが、ここで処刑されている。

翌朝——鈴ヶ森刑場の前の砂浜に、秋草右近と古手川鮫五郎はいた。

海の彼方の東の空が金色に輝いて、砂浜も明るくなっている。

右近はいつもの着流し姿で、岩の上に腰かけているが、汗止めの鉢巻をして、襷掛けに袴の股立ちをとった鮫五郎は、檻の中の熊のように、行ったり来たりしていた。

「まだか、まだ来ないのか……」

右近の強さに安心しきって、昨夜、したたかに飲んだ鮫五郎だが、さすがに決闘の場に立つと、不安がこみ上げてきたのだろう。

お遼にも一目会いたいだろうに、目を離して右近がいなくなることが心配で、上州屋にも行けない鮫五郎であった。

「先生の雷鳴に怖れをなして、奴ら、土壇場で逃げましたかな」

右近が軽口を叩くと、

「そうか、そうかも知れんな」

鮫五郎は、ほっとした顔つきになる。

「——いや。待ち人来たる、でした」

街道の北の方を眺めて、右近が言った。

「えっ」

振り向いた鮫五郎の表情が、くにゃっと崩れて、泣きべそをかきそうになる。

編笠を被った二人の武士と漁師姿の男が二人、その後ろに町人が一人、五人の男たちが、こちらへ歩いて来る。他に通行人の姿はない。

膝頭を震わせていた鮫五郎は、五人が浜辺に足を踏み入れると、背筋を伸ばして胸を反らせた。やけくそになったのか、はったりを押し通す度胸を決めたのか、どちらかだろう。

二人の御家人は、編笠をとって、

「忘れはすまい、高浜小平太だっ」

「この顔に見覚えがあろう、緒方政之助と申すっ」

「うむ」

鮫五郎は、重々しく頷いて見せる。右近は、彼の脇へ出て、

「古手川先生に加勢させていただく、拙者は素浪人の秋山左近。そなたたちが、加勢の兄弟か」

猟師姿の二人に尋ねた。

「わしは左平」

「わしが右平だ」

蟷螂兄弟は、感情のない声で答える。顔も姿もそっくりだが、衣服の汚れ具合などのわずかの違いから、右近は、二人を見分ける事が出来た。

「失礼だが、大小を差しておらぬようだ。いかにして、加勢するつもりかな」

右近は、わざと尋ねた。

「……………」

左平と右平は、ちらっと顔を見合わせた。

武器を見せても差し支えないだろう——という無言の合意が成立したらしい。左平が、黙って、帯の後ろに差してあった鎖鎌を抜き出す。どこかを押すと、柄の中に収納されていた鎌刃が、かちっと立ち上がって固定された。

「鎖鎌でござるか。なるほど」

これで、鮫五郎が炭焼きの老人から聞いたように、二人が熊でも倒すという凄腕の死客人であることが確認できた。

「お主が昨日、倫那寺へ果たし状を届けに来たという立会人か」

「へ、へい。六蔵と申しやす。お見知りおきを」

蟷螂兄弟の背後にいる六蔵に、右近が声をかける。六蔵は、へこへこと頭を下げて、

「武器は所持いたしておるか」

「いえ、丸腰で」

「後ろを向いてみなさい」

「へい……」

六蔵は右近に背中を向けて、帯の後ろに何も差していないことを証明する。

「うむ、よろしい」

右近は微笑したが、その笑みの意味は誰にもわかるまい。

後ろを向かせて、六蔵の項に小豆大の黒子があるのを、右近は確認したのである。

つまり、六蔵の正体は、花川戸の甚兵衛から借りた五十両を踏み倒した弥八なのであった。

昨日、右近は、「弥八が高輪のあたりをうろついていた、六蔵と名乗っていた」と早耳屋から知らされて、すぐに高輪へ駆けつけたのである。

倫那寺の離れに鮫五郎を訪ねたのは、そのついでだったのだ。が、そこで六蔵の行動が知れたのだから、鮫五郎ほどではないにしても、右近も幸運であった。

人相軀つきからしても、いい加減そうな態度からしても、六蔵は弥八に違いない。

小平太たちを片付けたら、取っ捕まえてやるつもりだ。

「気が済んだか」

政之助が編笠を投げ捨てて、吠える。

「では、参るぞっ」

大刀を抜いた。小平太も、抜く。

「古手川先生の前に、拙者がお相手いたす」

右近は鉄刀の鯉口を切ると、そのまま、波打ち際の方へ移動した。自然と四人は、弧を描いて右近を取り囲む形となる。

背後は海なので、右近は、前方と左右だけに気を配ればよい。

右近の前に、小平太と政之助、名前の通り、左に左平、右に右平がいる。蟷螂兄弟は鎌刃を立てて、鎖分銅を足元まで垂らしていた。

「抜けっ」

上段に構えた右側の小平太が、喚いた。わざと闘気を抑えているので、右近の実力を見抜けないらしく、先に血祭りに上げるつもりだ。

「抜いても良いのか」

にやり、と右近は嗤った。鉄刀を、すらりと抜く。

途端に、小平太たちの目は、右近の巨体が倍にも三倍にも膨れ上がったようにみえた。

「ええいっ」

何が何だかわからないまま、小平太は踏み出して、右近の左肩めがけて大刀を振り下ろす。

きいィィーんという耳障りな金属音がして、小平太の大刀は、刃が鍔元から折れて吹っ飛んだ。

「だあっ」

続いて、喉元へ諸手突きを繰り出した政之助は、簡単に払いのけられる。相手が只者でないと気づいた政之助は、小平太とともに後退して、

「蟷螂兄弟、何をしておる、働かんかっ」

左平と右平を叱咤した。

「む……」

死客人兄弟は、鎖分銅を回転させた。軀の右へ左へと位置を変えながら、次第に回転の速度を上げてゆく。

右近を扇の要とすれば、二人は、開いた扇の両端にあたりにいた。この位置関係が、もっとも連携攻撃を組みやすい。

鉄刀を正眼に構えた右近は、左右に等分に視線を配る。

鎖鎌を遣う者との闘いは、すでに、関八州無頼行の時代に経験していた。また、江戸へ戻ってからも、鑓穂に鎖分銅を付けた特殊武器を持つ忍びくずれと闘ったこともある。勿論、両方とも、右近が勝利した。

だが、鎖鎌遣いを二人同時に相手をするのは、初めてだ。しかも、二人とも相当の腕利きで、双子だから息もぴったりなのである。

「それっ」

わざと声をかけて、左側の左平が分銅を飛ばして来た。鎖の部分を払うと巻きつかれしまうから、そちらを向いた右近は、鉄刀で分銅そのものを弾き飛ばした。

その時には、右側の右平が無言で、右近の後頭部めがけて分銅を飛ばしている。普通の剣客なら、分銅の直撃を受けて、昏倒していたであろう。

しかし、右近は振り向きもしなかった。

左平から目を離さないまま、右手の鉄刀で背後を払う。背中に目があるかのように、見事に右平の分銅は叩き落とされた。

左平の分銅の動きを見て、背後から迫る右平の分銅の位置を推測したのであろう。分銅の飛翔音も、位置を推測する手掛かりになったはずだ。いずれにしても、達人としか形容のしようがない秋草右近だ。

「おおっ」

左平は急いで、跳び退がった。

右近が頭部に分銅を受けるか、右平の方を向いて攻撃に対処した場合には、左平は飛びこんで鎌刃を振るうはずであった。が、右近は、そんな策が通用するような甘い相手ではなかったのである。

双子の死客人は、目だけで会話をして、次の策を決めた。

二人とも、びゅんびゅんと猛烈な速さで、分銅を頭上で回転させる。時間差攻撃が破られたので、次は、全く同時に右近へ分銅を投げつけようというのだ。

「……」

右近は何を考えたのか、鉄刀を逆手に持つと、ざくっと砂浜に突き立てた。そして、両手を帯の前に置くようにする。

これには、蟷螂兄弟や二人の御家人、立会人の六蔵だけではなく、古手川鮫五郎も驚いた。いくら右近が強いといっても、素手で死客人兄弟に勝てるとは思えない。

左平と右平は少しだけ戸惑ったが、鉄刀を捨てている今が攻撃の好機（チャンス）であることは、誰の目にも明らかであった。

「えいっ」

「やあっ」

二人は、同時に分銅を飛ばした。

その分銅を、右近は、かわそうとはしない。かわさずに、両腕を、顔の左右に上げた。

丸太のように太い前膊部に、鎖分銅が絡みつく。

その瞬間、右近は前方へ走り出した。

「わ、わっ」

兄弟の間を走り抜けた右近に、左平も右平も引きずられそうになり、慌てて足を踏ん張る。

するると、右近は振り向いて、胸の前で前膊部を交差させると、今度は波打ち際の方へ走り出した。

「うわわっ」

暴れ牛のような勢いの右近に引っ張られて、二人は転ばないようにするのが精一杯だった。とても、鎌で斬りつけるような余裕はない。

右近は、波打ち際でも止まらずに、海へ駆けこんだ。股の下まで海に浸かるまで、進む。

左平と右平は海の中で転んで、ずぶ濡れになった。毛皮の胴衣を着ているので、余計に衣服が重くまとわりつく。

鎖分銅を振り払った右近は、脇差を抜いて、左平の鎌を弾き飛ばした。そして、左手で左平の胸倉をつかむと、

「そらよっ」

人形のように軽々と振り回して、右平の胸に叩きつける。二人は、海の中に倒れこんだ。

脇差を鞘に納めた右近は、両手で二人の襟首をつかむと、海の中へ深く突っこむ。

両手両足をでたらめに動かして抵抗していた二人は、すぐに大人しくなった。

右近は、溺れた二人を波打ち際まで引きずってゆくと、砂浜へ投げ出した。得物の鎖鎌は海の中である。運が良ければ、二人は自力で海水を吐き出して、息を吹き返すだろう。

山育ちの蟷螂兄弟は海での闘いに不慣れだったのだろうが、相手が他の者なら、これほどの完敗はしなかったはずだ。秋草右近を敵にしたのが、不運だったのである。

腰から下がずぶ濡れになった右近は、鉄刀を握ると、ゆっくりと御家人たちの方へ歩いてゆく

「むむ……くそっ」

大刀を折られている高浜小平太が、脇差を抜いて斬りかかって来た。右近は、その刃を鉄刀で払って、右肩を一撃する。

「ぎゃっ」

肩骨を砕かれた小平太は、よろめいて、波打ち際へ倒れこんだ。

「緒方政之助――」

右近は、鱶（ふか）のように凄みのある嗤いを見せた。

「入間川の水は、塩（しょ）っぱかったか」

「貴様は、あの時の……」

ようやく、右近の声に、屈辱の記憶を甦らせた政之助である。

「俺の名は、秋草右近。お前のような御家人の屑が許せぬ漢と知れっ！」

大上段から振り下ろされた鉄刀を、政之助は横一文字に構えた大刀で受け止めようとした。

が、政之助の大刀は、飴細工のように簡単に折れた。そして、鉄刀が額に叩きこまれる。

「……………」

ものも言わずに、政之助は仰向けに倒れた。砂浜だから、後頭部を骨折する怖れだけはないが、両方の耳孔から出血しているところを見ると、無事には済むまい。

「恥さらしめっ」

右近は罵って、納刀した。が、すぐに自嘲するように唇を歪める。

（まあ、俺だって、人に威張れるような生き方はしてないからな……さて、残りは）

敵方でただ一人残った六蔵は、右近が自分の方を向いたので、ぎょっとなった。

街道の方へ走ろうとしたが、偶然だが、そこに鮫五郎が立っていた。

「ひえっ」

パニックに襲われた六蔵は、何を思ったのか、海の方へ逃げる。そこに、右肩を砕かれた小平太がいた。

骨折のために目を真っ赤に充血させた小平太は、

「六蔵……貴様の口車に乗ったばかりに、わしらは……」

脇差を左手に持ち替えて、立ち上がった。

「さ、逆恨みだっ」

丸腰と明言したはずの六蔵は、懐の奥から匕首を抜いた。それを目にした小平太は、さらに逆上して、

「下郎めっ」

激痛も忘れて、脇差を振るう。六蔵の手から、匕首が吹っ飛んだ。

「助けてくれぇっ」

元々、女をぶん殴るのは得意だが、腕っ節には全く自信のない六蔵である。悲鳴を上げて、波打ち際に沿って逃げ出した。

が、小平太の脇差で臀部を斬られると、前のめりに倒れてしまう。その背中に馬乗りになった小平太は、

「思い知れっ」

項の黒子めがけて、脇差を突き立てた。濡れた砂に顔を突っこんだまま、六蔵は豚のように呻いて、絶命する。

脇差を引き抜くと、小平太は、ふらふらと鮫五郎の方へ向かった。

「己(おの)れが……己れこそが……まさに、元凶……」

正気を失ったような目つきで、小平太は、ぶつぶつと呟く。それを見て、鮫五郎は逃げ腰になった。

「古手川鮫五郎！」

右近が叫んだ。腸（はらわた）を震わせるような大音声（だいおんじょう）だ。

「鞘ごと大刀を抜けっ」

その命令の通りに、頭が真っ白になった鮫五郎は大刀を帯から抜いた。

それを見た小平太は、

「うおおおおォォっ！」

野獣のような咆吼とともに、鮫五郎に襲いかかる。

「振りまわせっ」

右近は命じた。鮫五郎は、力まかせに大刀を振るう。

鈍い音がして、小平太の軀が吹っ飛んだ。二間も離れた砂の中に、頭から倒れこむ。

そのまま、動かなくなった。脇差も、どこかへ吹っ飛んでいる。

「……………」

自分がしたことが理解できないように、鮫五郎は呆然と立ち尽くしていた。

「よし、その呼吸だ」

右近は、ゆっくりと鮫五郎に近づく。

「秋山氏……いや、秋草氏？」

「鮫五郎先生。今回の果たし合いでは命を拾いましたが、いつでも神佑天助があるわけではない」

「はあ……」

「幸い、あなたには恵まれた軀と腕力がある。小石川の鬼貫流抜刀術の埴生道場へ行きなさい。道場主の埴生鉄斎先生は、私の師だ。死に物狂いで努力すれば、少しは遣えるようになるだろう。何もせずに、いつまでも胡桃割りや一文銭曲げのはったりだけで世渡りしていたら、悲惨な末路があるだけですぞ」

「秋草氏……」

　ぽろぽろと大粒の涙で鍾馗髭まで濡らした鮫五郎は、その場に土下座をした。

「お言葉、ありがたく……この通り、この通りですっ」

　砂に額を埋めるほど、何度も頭を下げる。

「困るな。お立ちください、鮫五郎先生」

「まだ先生などと……」

　鮫五郎は立ち上がって、

「わしは生まれ変わりますぞ、秋草氏。鮫五郎などという虚仮威しの名を捨てて、本名の為五郎に戻ります。そして、一から剣術を学びます」

「うむ、よくぞ言われた」

これほど素直に反省されると、右近としては照れくさいほどだ。

すでに、辺りは完全に明るくなっている。

ふと気づいて、右近は波打ち際の方を向くと、六蔵に向かって片手拝みする。

不思議そうな顔をする鮫五郎に、

「あんな奴でも、死ねば仏ですからな」

「な、なるほど」

鮫五郎は、両手を合わせて、神妙に頭を下げた。

もしも、古手川鮫五郎が波打ち際まで行って、波に洗われた六蔵の死骸をよく見たら、項の刺し傷のところに小豆大の黒子があることに、気づいたかも知れない。

そして、お遼が寝物語に、自分の右耳を嚙み千切り女衒に叩き売った三次郎という男の項には「小豆くらいの大きさの黒子があったの」と言ったのを、思い出していたかも知れない。

しかし、鮫五郎は右近と連れだって、街道の方へ戻って行った。浜川町の町役人に話をして、政之助たちを収容して貰い、代官所へ果たし合いの顚末を報告して貰うためだ。

弥八、三次郎、六蔵と様々な名前を使い分けていた男の死骸は、波に転がされながら、無縁仏として葬られるのを待っているだけの存在となった……。

10

秋も深まった。

吉原がらみの大きな事件を片付けて懐の温かい秋草右近は、紅葉が見たいというお蝶と左平次親分を連れて、品川宿の先の海晏寺へ参詣した。

補陀山海晏寺は、大覚禅師を開祖とし、本尊は鮫の腹から見つかったという鮫頭観世音である。

名物の紅葉の下には畳縁台が幾つも出て、そこに座った客たちが俳句をひねっている。

普通の縁台とちがって、畳一枚に足をつけたものだから、腰かけるのではなく座りこむ事が出来て、飲食にも便利だ。

「どうだ、親分。一句詠んでは」

「紅葉より、般若湯が、希望なり――ってのは、どうです。思ったより、海風が冷たくて」

「それじゃ、川柳じゃないの」

お蝶が苦笑する。左平次は頭を掻いて、

「とにかく、畳縁台を借りて、ゆっくりしましょう」

「俺と親分だから、二枚借りた方が良いな」

「そうね」

ところが、畳縁台を貸し出している茶屋の前で、何やら大声で怒鳴っている奴らがいた。

「何だ、あれは」

「喧嘩ですかね。ああ、性質(たち)の悪そうな中間が生酔(なまよ)いで、茶屋の親爺に……」

その時、茶屋の蔭から大柄な浪人が出て来た。右近が、口の中で「あっ」と小さく叫ぶ。

「まあ、待ちなさい。この親爺も、縁台を貸さないと言っているわけではない」

三人組の中間の前に出て、その浪人は言った。

「損料は前払いになっていると申しただけではないか。それを打擲(ちょうちゃく)するのは、穏やかでない」

「穏やかでなきゃ、どうするというのだ。抜くか、その長いのをっ」

喧嘩慣れしているらしい中間たちは、腰の後ろに差している木刀に手をかけた。

「ご希望なら抜いても良いが……その前に、見せたいものがある」

浪人は、竈の脇の貸し火鉢に手を伸ばした。灰に差してあった火箸を抜いて、

「さあ、古手川鮫五郎の手並、とくと見てくれ」

その火箸を両手で握ると、割り箸を折るよりも簡単に、ぐにゃりと曲げて見せる。

「――得心なされたかな」

一歩前に出た豪傑先生の鮫五郎は、曲げた火箸を、さらに、ぐいっと元に戻した。

「わあっ」

中間たちは、蜘蛛の子を散らすように逃げ出した。周囲の紅葉狩りの客たちが、歓声を上げる。

落ち着き払った態度で、火箸を火鉢の灰に戻した鮫五郎は、親爺の礼の言葉を聞き流しながら、茶屋の裏手の方を見る。

派手な着物を着て、髪の房を右胸の前に垂らした女が出て来た。微笑んで、鮫五郎の腕に、そっと手をかける。

「旦那。ひょっとして、あのご浪人が……」

「ああ、聞いた通りだよ」右近は頷いた。

「為五郎に生まれ変わったはずの、鮫五郎先生だ。鉄斎先生の話では、何とか真面目に道場へ通っているということだったのだが」

「あの女の人は、上州屋のお遼さんかしら」

「うむ。品川宿の遊女は、信用できる客が一緒なら、割と外出が自由らしいからな」

親爺が出した畳縁台に、鮫五郎とお遼は仲良く座った。

近くの畳縁台の客が、料理の詰まった重箱と徳利を持って、鮫五郎に挨拶にゆく。

鮫五郎は鷹揚に、それを受けた。

「おい、あっちの方で飲もう」

右近は踵を返した。

「なんか憎めない人みたいね」

お蝶の言葉に、右近は笑った。

「そうだな。あれだけの死地から運良く生還したというのに、性根が改まらないというのは、それはそれで大人物なのかも知れん」

「へえ」

もう一度、鮫五郎の方を眺めてから、左平次は、右近たちのあとを追った。

客たちから寄進された酒を飲みながら、古手川鮫五郎は上機嫌で、お遼の耳元に、

「もう少しの辛抱だ。来年には、金が貯まるからな――」

そう囁いたようである。

嬉しそうに頷いたお遼は、ふと涙を零しそうになって、乱れてもいない男の羽織の襟を丁寧に直してやるふりをした。

番外篇　女兵法者（書き下ろし）

1

佐久間深雪は起床すると、手桶の水で濡らした手拭いを固く絞って、全身を拭う。

真冬でも、これは欠かさない。

少女の頃から天命一刀流の道場に通い、十六の時には師範代との勝負で、三度に一度は勝つという剣才を示した。

十八の時に、次兄の仇討ちを成し遂げ、川越中にその剣名は鳴り響いた。

二十歳の今は、厳しい剣術修業で引き締まった肢体に、年齢相応の色香が漂って、俊敏な野獣を思わせる美しさであった。

髷は結わず、項の後ろで括った髪を背中に垂らしているのが、凛々しい。

手拭いで擦られた白い肌が、桃色に染まった。

軀を拭い終わると、深雪は、稽古着を着て道場の掃除を始める。

武蔵国入間郡の川越の城下町――氷川大明神の近くに、天命一刀流の天知道場はある。

その小さな道場の隅から隅まで磨き立てた頃には、老僕の彦助が朝食の用意を整えている。

主従は一緒に朝食を摂り、それから、深雪は道場で木刀の素振りを行う。

その素振りが五百回を超えた頃、門弟たちがやって来る。

門弟といっても、今は三人だけだ。

昨年——道場主の天知十三郎が急死し、その弔いを終えてから、門弟二十余名の前で遺書を開いたところ、「道場は佐久間深雪に任せる」とあった。

師範代の宇津井玄蔵は激怒し、大半の門弟も辞めてしまった。

残った三名の門弟は、いずれも十九歳の深雪より年下の若者ばかりである。

つまり、道場を去った者たちは、いかに腕が立つとはいえ、自分より年下で、しかも女の道場主の弟子になるということを、屈辱と感じたのだろう。

深雪は、この川越藩で納戸役を務める佐久間参右衛門の娘で、上に彰一郎と謙太郎という兄がいた。

この謙太郎という次兄が、伊吹慎吾という藩士に斬られて、逐電した慎吾を深雪が討った顛末には、実は、複雑な事情が絡んでいる。

何はともあれ——帰参した深雪は、藩主の松平大和守斉典(なりつね)からもお褒めの言葉をいただき、父の参右衛門は加増された。

　そして、降るように縁談が持ちこまれたのだが、深雪は、「わたくしは、剣の道に生きるつもりですので」と断ったのである。

　翌年に天知道場の後継者に指名されると、深雪は佐久間家の屋敷から出て、道場に住みこんだ。

　江戸へ仇討ちに出るときも一緒だった下男の彦助も、参右衛門の許しを得て、道場に住みこんだのである。

　正午過ぎまで三名の門弟に稽古をつけると、深雪は昼食を摂り、外出する。門弟たちは、そのまま道場で自主的に稽古を続けるのだ。

　深雪が外出するのは、出稽古のためであった。

　城下の大店や領内の名主屋敷など、深雪は十数件の出稽古先を持っている。

　何しろ、十八の若さで兄の仇討ちをしたという深雪だから、どの店も「うちは、佐久間先生に出稽古に来ていただいている」と自慢できるほどだ。

　この出稽古の礼金が、佐久間深雪の暮らしの費えになっている。

　深雪が奉公人たちに教えているのは、剣術そのものではない。

　万一、盗賊が押し入ったり、暴漢が店に乱入して来た時のための心構えであり、訓練である。

具体的に状況を想定し、相手が一人で包丁を持っていた場合とか、相手が複数で長脇差や匕首を持っている場合などに、どのように対処すれば血を流さずに済むのか
——そのことを、深雪は教えていた。

さらに、女の奉公人だけを集めて、男に乱暴されそうになった時の護身術も教える。

これも、夜道で不意に腕を摑まれた場合とか、室内で押し倒された場合とか、すこぶる実践的な指導をするのだ。

女だけの場なので、稽古の最中に裾前や襟元が乱れて肌が見えても、問題はない。

しかし、娘たちの中には、袴姿の凜々しい深雪に押さえこむ真似をされると、頰を火照らせて息を弾ませる者もいた。

「先生は、お婿さんを取られないんですか」

時として、娘たちからそんな風に明け透けに訊かれると、「私は、剣術と夫婦になったのだから」と笑ってかわす、深雪であった。

暗くなる頃に道場へ戻ると、門弟は帰っており、彦助が風呂と夕食の用意をして待っている。

夕食の後、深雪は道場に出て、刃引き刀を振る。

何度も何度も、納得がいくまで、天命流の型を繰り返すのだ。

その型稽古が済むと、乾いた手拭いで汗を拭ってから、床につく。

月に何度か――深雪の躯の奥底に、真っ赤な火が蠢いて、彼女の心を揺さぶる時があった。

そういう時は、深雪は寝間着を内腿の間に入れて挟みこみ、右手で強く局部を圧迫する。腰を前後に動かすこともある。

その秘めやかな行為によって、体内の赤い火が消えると、深雪は溜息をついて眠りにつくのだ。

佐久間深雪には、想い人がいる。しかし、その相手と深雪が結ばれることはないのであった。

2

その夜――出稽古先の藍玉商〈木野屋〉で隠居の喜寿の祝があり、佐久間深雪は酒を勧められた。

引き留められて、少し顔を赤くした深雪が、札の辻の手前の普請場の前を通りかかったのは、亥の上刻――午後十時頃のことであった。

「ん……？」

小豆色の袴姿の女兵法者は、足を止めた。

陰暦六月下旬の暑く澱んだ夜気の中に、異様なにおいが混じっているのを、深雪は感じたのだ。

血のにおいである。

周囲を見まわしたが、通りに人影はない。そのにおいは、普請場の奥から漂っているようであった。

「――そこに、誰かおるのか」

提灯をかざして、深雪は、普請場の入口で声をかけてみる。

血の流れているような場所に、いきなり踏みこむのは、無謀だからだ。

返事はない。そして、生きている者の気配は、感じられなかった。

「……………」

深雪は、左手で鞘を摑み、親指で鯉口を切った。提灯を持った右手を真っ直ぐに伸ばして、普請場に踏みこむ。

もしも、気配を消して隠れている誰かが、いきなり斬りかかって来たとしても、これなら、提灯から手を離せば、一挙動で抜刀することが出来るのだ。

積み上げた材木の蔭に、人が俯せに倒れている。

夏羽織に袴姿の中年の武士であった。左肩を斬り割られて、周囲は血の海だ。

まだ、斬られてから、さほど時間が経っていないようである。

刀は鞘の中で、抜き合わせる暇もなく、斬られていた。

「もし」

念のために声をかけて見たが、すでに絶命していることは、明らかだった。

「む……？」

深雪は、この死体が右手首を斬り落とされているのに気づいた。その手首は、血の海の中に転がっている。

こちらに髷を向けている格好なので、死体の顔は見えない。

深雪は、血を踏まないように用心しながら、向こう側へ回りこんだ。そして、死者の顔を覗きこむ。

「おっ」

深雪は心底、驚いた。

斬られていたのは、川越藩の兵法指南役・渡部邦右衛門（わたべくにえもん）だったからである。

その時、普請場へ踏みこんでくる複数の足音があった。

「そこで、何をしているっ」

深雪の顔に、龕灯（がんどう）の強い光が浴びせられた。

3

「先ほどから、何度も申し上げているように——」

佐久間深雪は、うんざりした口調で言った。「渡部様を斬ったのは、わたくしではありません。それが証拠に、わたくしの刀には血曇りはなかったはず」

そこは——札の辻にある自身番の中だ。

普請場で深雪を誰何(すいか)したのは、町奉行所の同心の沼田庸之進(ようのしん)だった。

深雪が士分だったので、沼田同心は、すぐに目付の山村聡兵衛を呼んで来たのである。

深雪は板の間の上がり框に腰を掛け、山村と沼田は土間に立っている。

「そなたが渡部殿を斬った刀は、従僕に持ち帰らせて、自分は別の刀を差したとも考えられるな」

大きな鼻の両側から深雪を冷たく見下ろして、目付の山村は言った。

「とにかく、天知道場へ人をやったから、もうすぐ、彦助という下男を連れて来るだろう」

渡部邦右衛門の死体は、粗筵を掛けて普請場に置いたまま、番太郎が見張りをしていた。

　深雪が人殺しを認めるまで、現場を保全するためである。

「そもそも」と深雪。

「どうして、わたくしが渡部様を斬らねばならんのですか。理由がありません」

「いや、理由はある」山村の眼が光った。

「渡部殿の右手を斬り落としたことが、何よりの証拠——御前試合の怨みだろう」

「そんな馬鹿なっ」

　半月ほど前のこと——武芸好きの藩主斉典から、「天命一刀流には、小手落としという業があると聞いた。それが見たい」との仰せがあった。

　それで、深雪は、川越城内の書院の前庭で、渡部邦右衛門を相手に演武をすることになったのである。

　渡部が木刀を正眼に構えると、深雪は、右脇構えになった。

　木刀の柄頭を相手に向けて、木刀の長さを見せず、また、業の起こりも見せぬ構えである。

　木刀を振り上げた渡部が打ちかかって来ると、深雪は、軀の右側で木刀を大きな円を描くように回した。

　そして、振り下ろされる渡部の木刀の側面を叩く。

渡部の木刀が外側へ弾かれると、深雪の木刀が、その右手首に振り下ろされた。

その木刀は、相手の手首の一寸――三センチ手前で、ぴたりと制止する。

それから、深雪は木刀を引いて、渡部に礼をし、次に、書院の藩主に頭を下げた。

「なるほど、なるほど。こちらの間合を悟られずに、相手に斬りかからせておいて、その刀身を弾き、小手を斬り落とすわけだな」

興味深げに、藩主は言う。

「どうじゃ、邦右衛門。そちの相馬流に、この小手落としを破る工夫はあるか」

「ないことも、ございませんが……」

邦右衛門は目を伏せる。

「面白いっ」

藩主は白扇で、己が膝を叩いた。

「試合をしてみよ。無論、寸止めであるぞっ」「は………」

気の進まぬ顔で、邦右衛門は深雪と対峙した。

渡部は兵法指南役として、小手落としを破る工夫はない――と主君に言えず、かといって、ある――と言えば、立ち合って見よと言われることは、わかっていたのである。

二人は先ほどと同じように、正眼と右脇構えで対峙した。

そして、渡部が、だっと斬りこんで来る。木刀を輪に回した深雪は、振り下ろされる相手の木刀の刀身を弾く。

が、その瞬間、渡部は、くるりと木刀の先を素早く回して、深雪の木刀を上から押さえつけた。

「おおっ」

藩主は、身を乗り出した。

「…………」

「…………」

二人は、互いに相手を見合って、さっと木刀を引く。

「うむ。小手落とし破り、確かに見たぞ。二人とも、見事であったっ」

上機嫌になった藩主の斉典であった……。「――あれは、あの場だけのこと」と深雪。

「わたくしが渡部様に怨みをいだくなど、とんでもありません。まして、それを理由に渡部様を斬るなどとは」

「そなた、酒が入っているな」

山村目付が眼を細めて、

「どのくらい飲んだか、覚えておるか」

「さて……勧められるままに、木野屋で、二合くらいは」

「そなたは酔っていた。そして、通りで渡部殿を見かけて、普請場へ誘った。そこで、口論となり、おそらく、木刀では敗けたが真剣なら敗けぬ——と言って、右手を斬り落とし、さらに袈裟懸けに斬って止め(とど)としたのだろうっ」

　断定的に言い放つ、山村であった。

「渡部様は、わたくしなどよりも、遥か上の境地におられる御方(おかた)。そんな不意討ちで、斬れるものですか」

「だが、現に渡部殿は斬られている」

「それは……」

　深雪は言葉を切った。何をどう言っても、兵法者としての渡部邦右衛門を侮辱することになるからだ。

「わしの知る限り、渡部殿を倒すほどの腕前の剣客(けんかく)は、この川越にはおらぬ。おるとしたら——そなたくらいだ」

「わたくしの腕前では、渡部様に鯉口も切らせずに、小手落としを決めるのは無理です」「いや、出来る」

　山村目付の両眼が、ますます冷ややかになった。

「そなたが——女を使えば、な」

「無礼なっ」

激高して、深雪は立ち上がった。

「今の言葉は、わたくしだけではなく、渡部様も侮辱するものですぞっ」

「わしの役目は、体面や沽券にかまわず、真実を明らかにすることだ」

山村がそう言った時、自身番の腰高障子が開かれた。

「お、連れて来たか……誰だ、そなたはっ」

山村目付は、顔色を変える。

土間へ入ってきたのは、深雪の忠僕の彦助ではなく、簞笥に手足が生えたような巨体の浪人者であった。

「あっ」

佐久間深雪は、嬉しそうに叫んだ。

「右近様っ」

4

「右近の旦那。渡部って御指南役のお屋敷は、この先のようですよ」

そう言ったのは、丸顔の御用聞き――神田相生町の左平次である。

「悪いな、親分。御用で川越へ来たのに、変な事件に関わらせてしまって」

軽く頭を下げる秋草右近であった。

二人が歩いているのは、川越城の南側に広がる武家屋敷街だ。

「何を他人行儀な」左平次は笑う。

「あの深雪様には、強味(つよみ)の又右衛門(またえもん)事件の時に、えらくお世話になりましたからね。人殺しの濡れ衣を晴らすお役に立てれば、あっしも嬉しいですよ。それに――」

左平次は月代を撫でて、

「坊主にだけは、なりたくありませんからねえ」

先月――家計逼迫の最中、金座を襲った凶盗の頭を捕まえた右近は、百両の賞金を貰って一息つくことが出来た。お蝶が質入れした着物なども、無事に受け出すことが出来たのである。

今月の十五日には、和泉屋が仕立てた屋形船の納涼船に、右近はお蝶と一緒に招待されて、近藤新之介らと楽しい一時(ひととき)を過ごした。

それから三日後の昨日――左平次が、嬬恋稲荷前の右近の家を訪ねて来た。

仲間内の手慰(てなぐさ)みから喧嘩になり、相手を斬り殺した無頼浪人の中野多三郎が、川越に潜伏しているという情報があったのだ。

係の同心から許可を貰って、左平次は明日、川越へ行くという。

「それなら、俺も一緒に行こう。いくら腕利きの親分でも、そんな人斬り野郎が相手では、もしかということがあるからな」

「旦那にそう言っていただけると、助かります。奴は、どうも、お紋という昔の情婦に匿われてるようなんで」

そういうわけで、右近と左平次は今朝、江戸を立った。

長さ十二里の灼熱の川越街道を歩いて、二人が川越の城下町に着いたのは、戌の中刻――午後九時過ぎであった。

そして、旅籠をとるよりも前に、城下町の北東、氷川大明神の近くにあるという天知道場を訪ねたのである。

右近が川越へ来たのは、左平次の捕物を助けるのが目的だが、実は、二年ぶりに佐久間深雪に会える――という理由もあったのだ。そして、老僕の彦助の入れてくれた茶を飲みながら、深雪の帰りを待っていたら、地元の御用聞きの銀造というのがやって来た。

人殺しの濡れ衣を着せられた深雪が、自身番で取り調べを受けていると聞いて、すぐに、右近たちは、札の辻までやって来たというわけだ……。

「江戸の御用聞きと素浪人が、何の用だ。今は、当藩の目付のわしの取り調べの最中、邪魔をするな」

山村目付は、右近たちを追い払おうとしたが、

「まあ、待ちなさい」

右近は、団扇のように大きな手を振って相手を宥めると、

「この秋草右近、今は亡き天知十三郎先生には、海よりも深く山よりも高い、言葉に尽くせぬほどの恩義がある。その天知先生の愛弟子である深雪殿に人殺しの疑いがかかったとあれば、一肌脱ぎたくなるのは、剣に生きる兵法者として当然ではないか」

天知十三郎という剣客とは、ただの一度も会ったことのない右近は、調子良く喋った。

深雪は、呆れたような顔で、それを眺めている。

「ここへ来るまでに、この銀造親分に聞いたのだが——目付殿の見立てでは、深雪殿は渡部という御仁の右手を斬り落とし、さらに、袈裟懸けに斬ったというのだな」

「当たり前だ。誰が見ても、それ以外には考えられぬ」

山村は胸を反らせた。

「ところがだ」と右近。

「切断された腕の斬り口を、確かめたかね」

「なに……」

「生きた人間が腕を切断されると、筋肉が収縮して、骨の先が剝き出しになる。これ

は、検屍（けんし）のいろはだ。ところが、あの御仁（ごじん）の切断面は平（たい）らで、骨は飛び出していなかった。つまり――」

右近は、押し被せるように言う。

「あの御仁は、先に袈裟懸けに斬られて、完全に息絶えてから、右手を斬り落とされたのだ」

「……」

「なぜ、下手人は、そんな小細工をしたのか。それは、右手を斬り落とせば、深雪殿に疑いをかけることが出来ると思ったからだ。そして、事実、その通りになったわけだな」

「むむ……」

山村目付は、唸った。

渡部邦右衛門の右腕は、血の海の中に浸っていたので、山村は、切断面までは、よく見ていなかったのである。

「まあ、俺がそう言ったところで、目付殿の深雪殿に対する疑いが完全に晴れたわけではあるまい。どうだろう、今晩一晩だけ、俺に時間をくれんかね」

「今晩一晩……？」

「そうだ。一晩だけ待って貰えば、俺と左平次親分で、本当の下手人を見つけてみせる。どうだね」

「ふうむ……」

「もしも、朝までに下手人を見つけられなかったら、俺たちは二人とも髷を落として、坊主頭になろうじゃないか」

「え」

思いもよらぬ急な展開に、左平次は驚いた。

「よかろう」と山村目付。

「その時は、わしが鋏で、その方らの髷を切り落としてやる」

「ええ……」

左平次は思わず、両手で髷を押さえる。

「――深雪殿」

右近は、佐久間深雪の方を向いて、

「理不尽な扱いを受けて腹も立とうが、この自身番で、朝まで辛抱してくれ。俺が必ず、下手人を見つけてくるから」

「はい、右近様」

目を潤ませて、深雪は頷いたのである……。

「――おや」

左平次は、渡部邦右衛門の屋敷の前で立ち止まった。

「夜更けだというのに、人が大勢、集まって騒いでますぜ」

確かに、屋敷の庭で、庭で篝火が焚かれているようだ。多くの話し声がしている。

「なるほどな――」

右近は、閉じられている表門を大きな拳で、どんどん叩いた。

「御免。佐久間深雪の縁者だが、門を開けてくれっ」

すると、屋敷の中が静まりかえった。そして、閂が抜かれて、表門が慌ただしく開かれる。

「貴様か、父上を斬った佐久間の縁者というのはっ」

そう叫んだのは、額に鉢金を巻いて、襷掛け、袴の股立ちをとって臨戦態勢の若い武士だ。

その後ろに、似たような格好をした武士が十数人、殺気立って、こっちを睨んでいる。

篝火が幾つも焚かれ、酒樽が開けられて、物々しい雰囲気であった。

鎧や弓も用意されている。渡部一族が結集して、邦右衛門の仇討ちをしようとしているのだった。

「これは、渡部殿のご子息か。拙者は秋草右近と申す者、深雪殿の兄弟子でござる」

右近は袴の両膝に手をあてて、適当なことを言いながら、丁寧に頭を下げた。

「とりあえず、中でお話がしたいのだが――」「よかろう、入れ。これから、札の辻の自身番に押し入る前の景気づけだ。その太い首、斬り落としてやるっ」

そう言ったのは、童顔で色の白い武士であった。

右近は平然として、左平次と一緒に屋敷内に入った。

二人の背後で、表門が閉められる。つまり、逃げることは出来なくなったわけだ。

「………」

左平次は、顔を強ばらせた。右近の強さは信じているが、下手をしたら、ここで生きたまま膾斬りである。

「俺は渡部家の嫡男、邦太郎だ」最初の若い武士が言う。

「言いたいことがあるのなら、早く言え。ただし、深雪の命乞いなら、聞く耳は持たんぞ。兄の仇討ちをしたと評判になった烈女だ。自分が討たれる覚悟もあろうっ」

「いや、命乞いなどいたさぬ。本当に佐久間深雪が渡部殿を斬ったのであれば、ご存分に仇討ちをなさるが宜しかろう」

「本当に――だと?」

童顔の武士が、甲高い声で喚いた。

「皆様方、騙されてはなりませんぞ。こいつは、口先三寸で、我らを言いくるめるつもりなのですっ」

　右近は、じろりとそいつを見る。

「失礼だが、貴公は」

「俺の従弟の昌之輔だ」と邦太郎。

「父上には、子供の頃から大層、可愛がられている。今夜も、父上の死を報せてくれたのは、この昌之輔だ」

「なるほど、なるほど」

　右近は何度も頷いて、

「拙者が申し上げたいのは、もしも、渡部殿の死が佐久間深雪の仕業でなければ、早まって仇討ちなどしたら、渡部家の家名に傷がつくということ」

「なにっ」

「もっと大きな問題がある」右近は言う。

「間違って佐久間深雪を討てば、本当に渡部殿を手にかけた者は、のうのうと生き延びることになる。そんなことが、許せますかな」

「その方は、父上を斬った者を知っているのかっ」

　渡部邦太郎が、右近に詰め寄った。

「それにお答えする前に、こちらからお訊きしたいことがある」

「何だ、早く言え」

「渡部殿は、この川越一の兵法者と聞いた。その渡部殿を、一太刀で倒せるほどの者を、ご存じか」

「それは……」

邦太郎は、一族の者たちと顔を見合わせる。「まるで心当たりがないが……」

「そうでしょうな。佐久間深雪も、それほどの腕前ではない。ただし――」

右近は、たっぷりと間を置いて、

「それほどの手練者の渡部殿を斬る方法が、一つだけある」

「教えてくれ、どういう方法だっ」

邦太郎は、噛みつかんばかりに言う。

「渡部殿が信頼しきっている相手が間近にいて、いきなり、斬りつけることです」

「……え？」

「そして、その相手は、袈裟懸けで渡部殿を斬り倒した後に、佐久間深雪に罪をなすりつけるために、わざと右手首を斬り落としたのだ」

「嘘だっ」

渡部昌之輔が叫んだ。

「俺は、そんなことはしていないっ」

不気味な静寂の中で、その場にいる全員の目が、昌之輔に集中した。

「あ……」

昌之輔は、ようやく、自分が言ってはならないことを言ってしまったことに、気づいたようであった。

「俺は――」と右近。

「お前さんを名指しした覚えはないが、自分で思い当たることがあるのかね」

「昌之輔、どういうことだ」

邦太郎は、大刀の柄に手をかけた。

「本当に、お前が父上を斬ったのかっ」

「違う、俺が伯父上を手にかけたりするものか。信じてくれっ」

昌之輔は、必死で弁解する。右近が一歩、前へ出て、

「お前さんは、渡部殿の死をどこで知った。まだ、同心と目付くらいしか知らないはずだが。深雪殿が札の辻の自身番にいるのを、どうして知っている？」

「そ、それは……」

「ちょっと、腰の大刀を抜いて貰おうか。人を斬った血曇りがないかどうか、確かめたいんでね」

「う……」

昌之輔は、目玉が零れ落ちるのではないかと思えるほど、大きく目を見開いた。次の瞬間、

「〜〜〜〜っ！」

言葉に出来ないような奇声を上げて抜刀し、狂気の表情で、右近に斬りかかった。

「おっと」

右近は、事も無げに昌之輔の右腕を固めると、その刃を邦太郎の方へ突き出す。

「見てくれ」

「血曇りが……血を拭った痕がある」

呆然とした表情で、邦太郎は言った。

「よしっ」

右近は、昌之輔の手から大刀を奪い取ると、犬ころ投げに投げ飛ばした。

地面に叩きつけられた昌之輔は、呻いて立ち上がることが出来ない。

「みんなで、そいつを殴るなり蹴るなり、気が済むまで好きなようにしてくれ」

秋草右近は、一同に言った。

「ただし、息の根は止めるなよ。まだ、渡部殿殺しの真相を聞いてないからな――」

5

「それにしても、驚きましたね、どうも」

彦助が用意してくれた肴に舌鼓を打ちながら、左平次は言った。

「あっしの追って来た相手と、御指南役殺しが、繋がっていたなんて」

夜更けの天知道場――その居間で、秋草右近、左平次、そして、疑いの晴れた佐久間深雪は飲んでいる。彦助も、深雪に酌をされて、嬉しそうであった。

「俺も驚いたよ。人斬り浪人の情婦のお紋に、渡部昌之輔がべた惚れだったとは」

事件の真相は――渡部昌之輔は放蕩者で、矢場女のお紋に惚れこみ、金を貢いでいた。そのために、家の手文庫から、黙って金を持ち出す始末だった。

母親の昌代は、兄の邦右衛門に、昌之輔を諫めてくれと頼んだ。

それで、渡部邦右衛門は、誰にも行く先を言わずに家を出ると、お紋の家から出て来た昌之輔を見つけて、あの普請場に連れこんだのである。

そして、邦右衛門が放蕩を止めるようにと言い聞かせているうちに、逆上した昌之輔が、斬りかかったのであった。

いかに兵法者とはいえ、まさか、赤ん坊の時から可愛がっている甥っ子に斬られるとは思わない。

だから、為す術もなく、昌之輔に斬られてしまったのだ。

邦右衛門が倒れ伏したので、昌之輔は、その場から逃げ出した。

しかし、このままでは自分の仕業だと、母親が気づくだろう。

そこで、昌之輔は、現場へ引き返して、邦右衛門の右手を斬り落としたのである。

無論、佐久間深雪に罪をなすりつけるためだ。

それだけでは安心できず、邦右衛門の屋敷に駆けつけて、邦太郎に仇討ちを吹きこんだのである……。

「あいつも後ろめたいもんだから、しきりと仇討ち、仇討ちと煽ってた。もっと大人しくしてたら、俺も、あいつが怪しいと思わなかっただろうよ」

「でも、おかげで、中野多三郎の隠れ家もわかりました」

渡部一族の者たちから袋叩きになった昌之輔に、お紋という女の家を聞きだして、右近たちは、そこへ駆けつけた。

すると、そこに中野浪人がいたのである。右近が鉄刀を振るって、相手の刀を根元から折り、中野浪人を叩き伏せたことは、言うまでもない。

左平次は、中野浪人とお紋を町奉行所に引き渡して、江戸へ送る手続きをしてもらった。そして、右近は、札の辻の自身番へ、佐久間深雪を迎えに行ったのである……。

「秋草様と左平次親分は、まことに福の神でございます。お二人がいらっしゃらなかったら、今頃、お嬢様は……」

感激の余り、彦助は泣き出した。

「何だ、爺さん。泣き上戸かえ」

左平次は笑って、

「今夜は、福の神の俺とゆっくり差しで飲もうじゃないか、な」

それを聞いた右近は、そっと立ち上がる。深雪も、無言で立ち上がった。

廊下へ出た深雪は、右近を寝間へ案内する。「――右近様」

男の広い胸に顔を埋めると、深雪は濡れたような声で言った。

「わたくし、恥知らずになります……ですから、お好きなようになさってくださいまし」「うむ……」

右近は、彼女を抱きしめて、

「俺も獣物になるよ」

その夜――佐久間深雪は、女の愉悦には際限がないことを知った。

あとがき

お待たせしました。『ものぐさ右近人情剣』の第四巻です。

今回は、光文社文庫版の『ものぐさ右近義心剣』から三篇、『ものぐさ右近多情剣』から二篇を収録して、時系列的にこの両者の中間に位置するエピソード『女兵法者』を、番外篇として書き下ろしました。

佐久間深雪を主役にした番外篇は、光文社版の時から、ずっと書きたかったので、今回実現することが出来て、嬉しく思います。

ちなみに、前巻の第五話『ろくでなし』に登場した本位田鹿十郎と、この第四巻に登場する本位田蝶之介、本位田猪左衛門は三兄弟になるわけですが、これは志穂美悦子・主演の傑作格闘アクション映画『女必殺拳／危機一発』（昭和四十九年）に登場する敵役、本位田三兄弟からヒントを得ました。

映画では、長男の猪一郎（石橋雅史）が釵、次男の鹿二郎（斉藤一之）が短槍とトンファー、三男の蝶三郎（琳大興）が双節棍の遣い手という設定でした。揃いの黒い胴衣に〈猪・鹿・蝶〉の文字が銀糸で刺繍してあるのが、格好いいんですよ。

長兄役の石橋雅史さんは、剛柔流空手八段・極真空手七段という猛者で、『暴れん坊将軍』等、ＴＶ時代劇や特撮物の悪役としても有名ですね。

石橋さんは、真田広之さんの初主演作『忍者武芸帖／百地三太夫』（昭和五十年）では、主人公・鷹丸の父親でタイトルロールの百地三太夫を演じています。真田さんの師匠の千葉真一さんが演じた悪役の不知火将監も、良かったです。

なお、この映画の真田さんは、衣装といいキレのある動きといい、白土三平さんの『カムイ外伝』の抜け忍カムイそのままでした。真田さんの主演で、ＪＡＣ総出演の実写版『カムイ外伝』が観たかった。その場合、千葉さんの役どころは、不動か天人だと思いますが……白土さんと東映は、『大忍術映画　ワタリ』（昭和四十一年）でトラブルがあったので、実現は無理だったのでしょうね。

話を『女必殺拳／危機一発』に戻しますと、音楽は、『暴れん坊将軍』『長七郎江戸日記』『キイハンター』『Ｇメン'75』の菊池俊輔さん。全身の血液が沸騰するようなエネルギッシュなテーマ曲で、私も仕事中に眠くなった時は、このＣＤをかけて気合を入れています。

さて、第五巻は来春の予定です。お楽しみに。

平成三十年六月

鳴海　丈

参考資料

『徳川時代の金座』木村荘五（聚海書林）
『火縄銃』所荘吉（雄山閣出版）
『第40回企画展／絵図で見る川越—空から眺める江戸時代の川越—』川越市立博物館・編（川越市立博物館）
『第43回企画展／城下町川越の町人世界』川越市立博物館・編（川越市立博物館）
『川越の城下町／川越歴史新書1』岡村一郎（川越地方史研究会）その他

本書は、二〇〇五年十月、光文社から刊行された『ものぐさ右近義心剣』と、二〇〇八年九月同じく光文社から刊行された『ものぐさ右近多情剣』を改題し、加筆・修正し、文庫化したものです。

文芸社文庫

男たちの掟　ものぐさ右近人情剣

二〇一八年八月十五日　初版第一刷発行

著　者　鳴海　丈
発行者　瓜谷綱延
発行所　株式会社　文芸社
〒一六〇-〇〇二二
東京都新宿区新宿一-一〇-一
電話　〇三-五三六九-三〇六〇（代表）
〇三-五三六九-二二九九（販売）
印刷所　図書印刷株式会社
装幀者　三村淳

ISBN978-4-286-20112-2